ALFRED DE VALOIS

PAPIER PERDU

CONTES INTERTROPICAUX
MARTHA.
JEDDAH. — SONGERIES. — ESQUISSES MARINES.
POÉSIES DIVERSES. — FABLES. — CHANSONS.
SCANDERBEG.

PARIS

COLLECTION HETZEL

J. HETZEL, LIBRAIRE-ÉDITEUR

18, RUE JACOB

PAPIER PERDU

PARIS. — IMPRIMERIE DE J. CLAYE

Rue Saint-Benoît, 7

ALFRED DE VALOIS

PAPIER PERDU

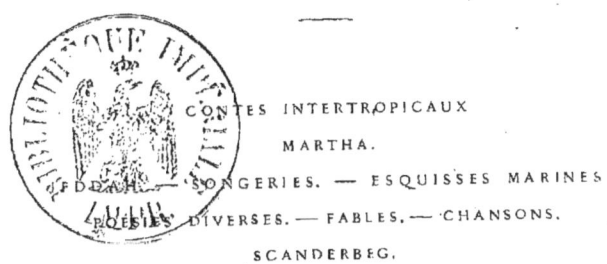

CONTES INTERTROPICAUX

MARTHA.

DJEDDAH. — SONGERIES. — ESQUISSES MARINES

POÉSIES DIVERSES. — FABLES. — CHANSONS.

SCANDERBEG.

PARIS

COLLECTION HETZEL

J. HETZEL, LIBRAIRE-ÉDITEUR

18, RUE JACOB

1863

A VOUS

QUI NE JOUEZ PAS A LA BOURSE,

QUI NE LISEZ JAMAIS LA QUATRIÈME PAGE DES JOURNAUX;

A VOUS QUI ÊTES MON AMI DEPUIS VINGT ANS;

A VOUS QUI ÊTES SAVANT COMME UN BÉNÉDICTIN,

BON COMME UN ANGE,

FORT COMME SAMSON,

JUSTE COMME ARISTIDE

ET CRÉDULE COMME UN ENFANT;

A VOUS CE PETIT LIVRE

QUE J'AI ÉCRIT A MES HEURES DE LOISIR,

ET QUE VOUS LIREZ

AVEC TOUTE L'INDULGENCE QUE VOUS AVEZ

POUR VOS VIEUX AMIS.

CONTES INTERTROPICAUX.

I.

UN MÉNAGE HAVANAIS.

La Havane est vraiment la reine des Antilles :
Elle a des ananas, de belles jeunes filles,
Des palais, des jardins, le théâtre Tacon,
Et le soir une fée assise à tout balcon ;
Elle a des capucins, des récollets, des carmes,
Des combats de taureaux, de vertueux gendarmes,
De francs voleurs le jour et des *bravi* la nuit ;
Ajoutez à cela son soleil qui vous cuit.
On y vend des *puros,* du sucre, des esclaves ;
On n'y cultive point du tout les betteraves.

L'illustre Malte-Brun, que je pourrais citer,
Vous en dira plus long. Je sais mal raconter
Les choses que je vois, surtout lorsque ces choses
Ne sont pas des oiseaux, des femmes ou des roses.
La science m'attriste, et je n'ai jamais pu
Affronter qu'un savant fort sale et tout lippu [1].
Ce n'est pas beau du tout à voir, je vous assure :
Cela prend du tabac, cela toujours censure,
En crachant du latin, du grec ou de l'hébreu.
« Un savant, dit Veuillot, n'est bon qu'à mettre au feu. »

Après tout, il en est, dit-on, une douzaine
Qui changent de faux-col une fois par semaine,
Et qui de temps en temps daignent laver leurs mains.
Aussi sont-ils partout traités de muscadins,
De muguets, de *lions* et de savants pour rire.
L'Institut les honnit, les bat et les déchire ;
Il ne les connaît pas. Ce sont de faux savants,
Qui font de la science un lâche passe-temps,
Et qui ne sauraient voir, au bout d'une lunette,
Mars défaire à Vénus sa guimpe ou sa cornette.

---

1. Tout ceci, bien entendu, ne s'applique qu'aux pédants, à ceux qui, par leur morgue ridicule, nous dégoûtent d'eux et de ce qu'ils enseignent

Je suis à la Havane, et je veux débiter
Un roman qu'on pourra longuement méditer.
C'était un soir superbe, avec un ciel bleu tendre ;
Les vagues de la mer au loin faisaient entendre
Leur éternelle plainte, en frappant les rochers ;
La lune, d'un rayon, argentait les clochers
Et pâlissait le front des *serenos* nocturnes[1].
Les fontaines partout larmoyaient dans leurs urnes,
Et les vieux alguazils cherchaient un *estanco*[2]
Pour y dormir, le nez caché dans leur manteau.

Dans la rue O'Reilly, près d'un couvent de femmes
Réputé comme saint parmi les bonnes âmes, —
Et non pas sans raison, puisque plus d'une fois
On y vit se mouvoir un saint Martin de bois
Qui, sans qu'on l'en priât, vous ouvrait une bouche
Où l'abbesse eût passé comme une simple mouche.
Grâce au bon saint Martin, à certaines pralines
Que confectionnaient les dames Ursulines,
Le couvent dont je parle était fort vénéré...
Au point que l'archevêque en était le curé.

1. *Sereno*, veilleur de nuit.
2. *Estanco*, cabaret.

Or, près de ce couvent, un fort joli jeune homme,
Dont l'air et les habits étaient d'un gentilhomme,
Semblait faire le guet du côté d'un balcon.
Ses yeux ardents luisaient comme ceux d'un faucon,
Et se tenaient perchés au haut d'une fenêtre
Où, depuis un instant, il venait de paraître
Une blanche lumière à travers un rideau.
Le jeune homme aussitôt tira de son manteau
Une vieille mandore, et pinça quelques notes
D'un faux à réjouir deux paires d'Hottentotes.

La fenêtre, à ce bruit, s'ouvrit incontinent.
« Enfin! dit l'amoureux, il paraît qu'on m'attend! »
Et, s'armant de courage, il fit gémir la corde
Du gothique instrument. « Jésus! miséricorde!
Cria de la fenêtre une charmante voix,
Vous jouez faux, don Luis, comme un chapeau-chinois.
C'est un charivari digne d'une Tartare
Que vous me donnez là. Brisez votre guitare,
Et laissez-nous dormir. Il est passé minuit;
On ne doit point, si tard, faire ce vilain bruit!

— Ma Carmen, répondit le joueur d'un ton grave,
Voilà dix jours passés que je suis votre esclave,

Et que, pour expier je ne sais quel péché,
Je veille sous ce mur quand chacun est couché.
Je suis votre mari, je vous aime, madame,
Et je suis fatigué de râcler à ma femme
Un vieux air andalous que je n'ai jamais su.
Vous m'avez fait, Carmen, chanteur à mon insu...
Eh bien! ce beau métier, que le diable m'emporte
Si je veux l'exercer encore à votre porte!

— Mon chéri, dit Carmen, en roulant le rideau
Autour de son beau corps, ce n'est pas fort nouveau
Ce que vous dites là. Je sais que la musique,
Pour vous, fut de tout temps un art antipathique;
Je sais que vous n'aimez nullement Rossini,
Et que vous exécrez le divin Bellini;
Je sais qu'à l'Opéra vous bouchez vos oreilles,
Et sifflez les acteurs qui chantent des merveilles;
Je sais qu'un rossignol, pour vous, est un oiseau
Que vous n'estimez pas autant qu'un vil perdreau;

« Je sais cela fort bien, don Luis, je vous l'assure,
Et voilà justement pourquoi je vous conjure
De râcler la guitare encore un mois ou deux.
C'est une pénitence à vous ouvrir les cieux.

— Mais, s'écria don Luis, vous n'avez pas envie
De me sanctifier, Carmen, dès cette vie?
Pour un maudit bouquet, il est par trop cruel
De vouloir, malgré moi, me faire aller au ciel!
J'ai péché, je l'avoue... Eh! mon Dieu! qui ne pèche?
Voyez mon repentir, ma chère, il me dessèche.

— Bonne nuit, dit Carmen; il est deux airs nouveaux
Qui font fureur ici; ne les jouez pas faux. »
Et la dame aussitôt referma sa fenêtre.
« Bonne nuit! *Caramba!* Madame, je veux être
Pape, pope ou rabbin à perpétuité,
Si je ne vous punis de votre dureté.
J'ai donné des bouquets, un soir de sérénade,
A la belle Teco, chanteuse de Grenade,
Et, pour ce grand méfait, vous avez exigé
Que je vinsse à la nuit, comme un loup enragé,

« Hurler quelque refrain dessous votre croisée.
Vous voulez que je sois un objet de risée,
Et que les jeunes gens qui vous font les yeux doux
Disent partout comment vous traitez votre époux.
Ah! Carmen, un mari, si sot, si débonnaire
Et... si mari qu'il soit, ne saurait, pour vous plaire,

S'exposer au mépris de vos adorateurs,
Et se mettre au niveau des stupides chanteurs.
Bonne nuit ! Je vais voir à trouver quelque gîte.
Je crois que la Teco me recevra bien vite. »

Dans un joli boudoir, tout gai, tout rayonnant,
Une jeune Espagnole aux yeux noirs, au teint blanc,
Souriait à don Luis, et de ses bras de rose
L'attirait tout près d'elle, en prenant une pose
A damner saint Antoine avec son compagnon.
Cette belle bacchante, on sait déjà son nom :
C'est Teco, la chanteuse, une belle sirène
Que tous les Havanais reconnaissent pour reine.
Elle est belle à ravir dans son costume grec ;
Ses yeux sont tout amour, et, de son joli bec,

Elle siffle des airs de merle et de linotte.
Don Luis s'assied près d'elle, et tout bas il chuchote
Un discours parfumé de mensonges ambrés.
C'est un bel érudit qui sait les mots sucrés,
Les fleurs de rhétorique, les points et les virgules,
Les adverbes ronflants, les phrases ridicules
Dont il faut se servir pour cet oiseau moqueur,
Si riche de plumage et si pauvre de cœur.

Don Luis est fort savant, c'est un fin stratégiste
Qui prend vite d'assaut tout fort qui lui résiste.

Écoutez son ramage : Oui ! mais c'est ennuyeux
Que d'entendre mentir un pauvre homme amoureux ;
C'est toujours le même air ; qu'il sorte d'une lyre,
D'un orgue ou d'une vielle, on sait ce qu'il veut dire,
Et, ma parole ! il faut, il faut, en vérité,
Pour ne se point lasser de tant d'absurdité,
Qu'une femme ait l'oreille autrement que nous autres ;
Il faut que son cerveau ne soit, comme les nôtres,
Une pulpe de nerfs, mais fait, sur mon honneur !
De quelque ingrédient pris chez le parfumeur.

« *L'homme est un animal.* » Boileau, le colérique,
A dit bien avant moi ce mot philosophique.
Il n'en est pas moins juste, et si, pour l'inventer,
Je suis venu trop tard, je puis le répéter...
Lecteur, je ne sais plus ce que je voulais dire,
Mais j'ai cité Boileau, cela doit vous suffire.
Mon pauvre ami Musset, un poëte charmant,
Par vallée et par mont vous menait un roman...
Je trouve sa façon commode, et je m'en sers,
Fâché de ne pouvoir lui prendre aussi ses vers.

Les plus grands écrivains, les plus grands moralistes,
Pour les femmes toujours furent très-formalistes ;
Ils ont doré leur plume, illustré leur papier,
Et d'une eau de senteur empli leur encrier ;
Ils ont de leur esprit, à défaut de pensées,
Habilement tiré des phrases cadencées...
On a lu les beaux vers des poëtes galants,
Et la prose au benjoin des faiseurs de romans.
Tout cela sent le musc, et l'œillet, et la rose ;
Mais tous ces parfums-là ne prouvent pas grand'chose.

Quand le grand Jupiter, en fronçant ses sourcils,
Ébranlait les piliers de son vieux paradis,
Qu'il pétrissait la foudre en sa main formidable,
Et que, d'un coup de hache, en se levant de table,
Il se faisait ouvrir le crâne par Vulcain,
Le pauvre roi des dieux, au bout de son latin,
Croyait, par ce moyen, apaiser sa déesse ;
Mais la fière Junon, véritable diablesse,
Redoublait son vacarme, et, de son pot-au-feu,
Faisait à son mari, sur l'œil, un point tout bleu.

Celui-ci, furieux, mais ne sachant que faire,
Fuyait son domicile et s'en allait sur terre

Raconter aux bergers, aux plus pauvres humains,
Ses scènes de ménage et ses nobles chagrins.
Et, pendant ce temps-là, Junon, tout d'une haleine,
S'amusait à briser un peu sa porcelaine.
Jupiter revenait au bout de quelques jours,
Demandait un pardon qu'il obtenait toujours,
Offrait un cachemire à sa femme apaisée,
Et l'on signait la paix en fermant la croisée.

Pour n'être pas des dieux, les maris d'ici-bas
Du père Jupiter n'ont pas moins les tracas.
J'en connais des milliers qui se donnent au diable,
Ne pouvant lui donner leur compagne intraitable.
Je ne les blâme point. Quoi qu'on en ait écrit,
L'homme le plus difforme ou de corps ou d'esprit,
L'homme le moins pourvu de cœur et de moustache,
(C'est mon opinion, tant pis si l'on s'en fâche!)
Vaut cent mille fois mieux que la femme, serpent
Qui va sifflant l'amour sur l'homme à tout instant.

Quand don Luis eut fourbu son éloquente langue
Et clos par un baiser sa superbe harangue,
Il vint s'agenouiller auprès de sa beauté,
Qui lui dit : « Mon chéri, si nous prenions le thé? »

(Ici, mon cher lecteur, j'ouvre une parenthèse,
Non pour justifier une plate antithèse,
Mais pour vous expliquer la chose que voilà :
Savoir, qu'à la Havane on prend du chocolat
Et non du thé. Le thé, je ne puis vous le taire,
N'existe en ce pays que chez l'apothicaire.)

« Prenons! répond don Luis; vous avez du jambon,
Nous ferons des sandwichs; pour le thé, c'est très-bon.
Je vivrais près de vous, ma beauté souveraine,
Toute une éternité, pourvu que votre haleine
Comme un souffle passât toujours dans mes cheveux.
Vous voyez mon amour, n'est-ce pas, dans mes yeux?...
Ah! ceci m'intéresse! » On servit sur la table
Un souper qui parut à don Luis délectable;
Puis, quand il eut fini, sa maîtresse lui dit
De la déshabiller et de la mettre au lit.

Huit jours se sont passés. Au loin, les réverbères
Éclairent les trottoirs de leurs vagues lumières.
Le *sereno,* trois fois, vient de hurler minuit,
Et ce brave veilleur, de sommeil et d'ennui,
Bâille comme un requin échoué sur la grève.
Pour attendre l'aurore, il se promène et rêve
A quelque loterie où, depuis plus d'un an,

Il a, le pauvre hère, englouti son argent.
Le désir d'être riche appauvrit bien des hommes;
Le jeu dévore ici de fabuleuses sommes.

Dans la rue O'Reilly, l'adorable Carmen
Maugrée à son balcon contre son triste hymen,
(Hymen est un vieux mot dont tous les vieux poëtes
Ont diablement usé dans leurs historiettes;
Le besoin de rimer me le fait mettre ici.
Qu'il vieillisse mon vers, je n'en ai point souci!)
Carmen pense tout bas qu'elle est belle et charmante,
Qu'elle n'a pas vingt ans, que l'ennui la tourmente,
Et que son noble époux est fou de la laisser
Seule, au bord de son lit, le soir se délacer.

Elle pense qu'il faut avoir des yeux de taupe,
Un cœur plus racorni que celui d'un cyclope
Pour ne point faire cas de sa rare beauté,
Et pour ne point l'aimer un peu par vanité.
Il faut que son mari n'ait point une âme humaine,
Qu'un sang de batracien circule dans sa veine;
Car il n'est pas douteux que tout autre, en son lieu,
Adorerait Carmen et remercierait Dieu
D'avoir, pour lui, fait naître une pareille femme.
Sa conduite est vraiment une conduite infâme!

Ainsi pense Carmen, le sein tout agité,
En lançant dans la nuit un regard irrité.
Un mari toujours est bien près d'une infortune
Quand sa femme ainsi pense, en contemplant la lune.
Il doit, si loin qu'il soit de sa chère beauté
Et si certain qu'il soit de sa fidélité,
Souvent rêver de bouc, de bœuf et de licornes,
Et sentir à son front pousser de belles cornes.
Au reste, tôt ou tard, il arrive un moment
Où les meilleurs maris portent cet ornement.

C'est la loi de nature! Il faut être un sauvage
Pour ne se point soumettre à l'invincible usage.
On sait que la vertu des femmes..., *en général,*
A la fragilité d'un vase de cristal,
Et que, pour la briser, il suffit d'un coup d'air,
Du moindre petit choc, du plus fugace éclair.
Nous sommes un peu loin du siècle des Lucrèces,
Et, femmes d'épiciers, baronnes ou pairesses
Ne se poignardent plus pour venger leur honneur;
Car... (finis, si tu peux, ma phrase, cher lecteur!) [1]

1. Si on lit tout ce livre, on verra que l'auteur a la meilleure opinion des femmes.

La femme n'est plus femme, on l'a faite poupée,
On l'a de son bourrée, on l'a toute étoupée ;
Elle n'a plus l'amour, ce rayon tout divin,
Qui lui versait l'ivresse au cœur comme un vieux vin ;
Elle n'aime plus rien que sa chère personne,
Et c'est par vanité maintenant qu'elle donne
Ses baisers sans saveur, ses serments déloyaux ;
Ce n'est plus qu'une idole avec de faux joyaux,
Un mélange honteux de ruolz et de stras
Finement recouvert d'un absurde plâtras.

Mais voici qu'une voix retentit dans la rue,
C'est la voix d'un amant qui fait le pied de grue,
En demandant au ciel, ou plutôt à l'enfer,
Qu'une femme paraisse à son balcon de fer.
Carmen, depuis une heure, attend à sa croisée
Que la vengeance passe en moustache frisée.
Or, c'est un capitaine, un hardi cavalier ;
Elle lui fait un signe, il grimpe l'escalier,
Et vient tout flamboyant réaliser ses songes,
Et lui dire à genoux de stupides mensonges.

... Voilà Carmen heureuse ! Elle a dans une nuit
Ébréché sa vertu sans en faire grand bruit.

Elle s'est bien vengée, et maintenant qu'importe !
Si don Luis repentant se présente à sa porte,
Elle aura sur sa lèvre un sourire innocent,
Son regard sera chaste, amoureux, caressant,
Et l'époux, trop heureux de conquérir sa femme,
Expiera sa folie en lui donnant son âme.
Cette histoire est fort triste, et je n'ai pas le goût
De te mener, lecteur, jusqu'au fond de l'égout.

EL MONTE.

Il est minuit sonné. Près d'une table verte,
D'or, d'argent, de bijoux entièrement couverte,
Deux hommes sont assis, muets, les yeux ardents.
L'un sourit doucement, l'autre grince des dents.
« Ramon, dit le rieur, jouons ce qui vous reste !
— J'ai vingt fois retourné les poches de ma veste,
Il ne me reste rien ; Juan, tu m'as ruiné...
Fit le pauvre Ramon d'un air tout consterné.
— N'avez-vous pas au doigt... — Ma bague ? Que vaut-elle ?
— Jouons-la cent doublons ; c'est une bagatelle ! »

Un moment se passa, puis Juan, les yeux en feu,
S'écria : « Don Ramon, examinez mon jeu.
J'ai gagné votre bague et je vous joue encore,
Si vous le voulez bien, votre cavale more.

Nous l'estimons... combien? Vaut-elle cent *pesos*? [1]
Elle est si maigre, ami, qu'on compterait ses os.
N'importe, jouons-la. Ramon, à vous la carte!
Pour la bravoure, au jeu, vous valez ceux de Sparte. »
Ramon fit couper Juan, et puis, tout éperdu :
« Ah, caramba! dit-il, sois maudit! j'ai perdu.

« J'ai perdu mon argent, ma bague... Que le diable
M'emporte! Au revoir, Juan. » Et donnant sur la table
Un rude coup de poing, il ajouta tout bas :
« Je vais me battre un peu. — Ramon, ne t'en va pas,
Dit don Juan, joue encor. Qui sait si la fortune
Ne te va pas servir?... J'ai gagné, sans rancune!
Je dois perdre à présent. — *Demonio!* fit Ramon,
N'en as-tu pas assez? Jusqu'au dernier doublon
Tu m'as dévalisé. Quand j'entrai dans cet antre,
J'eus un pressentiment qui me fit froid au ventre.

« Sortons de cet enfer; allons respirer l'air
Et voir la lune un peu flâner dans le ciel clair.
— Moi, répondit don Juan, je n'aime pas la lune;
Sa grosse face enflée est vilaine et commune;

1. *Peso,* piastre, cinq francs et quelques centimes.

On dirait, à la voir si làide, qu'elle sort
De chez quelque dentiste... Et puis, vous avez tort
De quitter ce tapis. — Je ne suis pas bégueule,
Jouons un pistolet chargé jusqu'à la gueule.
— L'enjeu, mon cher Ramon, me semble original,
Et vous pourriez le perdre. — Oh! perdre m'est égal.

« N'ayant plus dans ma poche une ignoble piastre,
Je mettrais volontiers un terme à mon désastre,
Et si le pistolet, ami, tombe en ta main,
Tu le déchargeras à deux pas sur mon sein.
Je ne crains pas la mort, c'est une douce amie
Qui berce et tient notre âme, en la terre, endormie..
— Mais l'enfer, don Ramon, il faut y croire aussi.
— Ma nourrice, mon cher, ne m'apprit point ceci;
Elle était d'Aragon, avait servi trois prêtres
Qui, sans façon, logeaient le diable dans leurs guêtres...

— Enfin, pour mettre au jeu ce pistolet chargé,
Il faut que vous soyez, don Ramon, enragé...
N'importe, asseyez-vous; tout à l'heure on va rire!
Seulement... si je perds, j'aurai le temps d'écrire
Une lettre à Concha, ma pauvre *novia*...
Et puis de dire après un *Ave Maria*.

—Évidemment! — C'est bien! » Don Juan tremblait de fièvre;
Mais il avait le cœur autrement fait qu'un lièvre.
Il ramassa son jeu que lui tendait Ramon
Avec un rire froid, un rire de démon.

Un quart d'heure passa; puis Juan, comme un homme ivre,
Quitta la table et dit : « J'ai moins d'une heure à vivre!
— Bah! répondit Ramon, je ne suis pas pressé.
Va-t'en dormir un peu, mon joli fiancé.
Dans un instant je pars pour régler une affaire;
Nous nous retrouverons. — Bientôt? — Je ne sais guère
Quand tu me reverras. Je vais à Mexico
Chercher un peu d'argent le soir, à l'*estanco*.
Or, il se pourrait bien qu'au lieu d'emplir mes poches,
J'attrapasse là-bas quelques rudes taloches.

« J'ai dans la capitale un grand nombre d'amis,
Dont les bons sentiments ne sont point endormis :
Ce sont de francs coquins qui méritent la corde,
Et que l'amour du mal maintient dans la concorde.
Je les ai si souvent piqués de mon couteau
Qu'ils ont mon souvenir buriné sur leur peau.
Je vais les retrouver et leur prendre les piastres
Qu'ils cueillent sur la route, à la clarté des astres.

Si la fortune, ami, me favorise un peu,
Tu me retrouveras dans quelques mois, au jeu. »

Ramon sortit bientôt. Don Juan prit, sur la table,
L'or, l'argent, les bijoux qu'il devait plus au diable
Qu'à la Vierge Marie, en laquelle pourtant
Il se croyait en droit de compter tout autant.
Puis quand il eut fourré son gain dans sa ceinture.
Il sortit du tripot, enfourcha sa monture
Et la fit galoper du côté de Puebla.
Or, depuis quinze étés, lectrices, c'était là
Que vivait Conchita, la perle du Mexique.
La beauté n'est pas rare en cette république.

Le père de Concha, vieux chasseur éreinté,
Dans le bourg exerçait avec habileté
Le métier de barbier. Sa case respectable,
Tous les soirs, à minuit, logeait plus d'un bon diable.
Elle était l'antre sûr où venaient les voleurs
Partager le butin fait sur les voyageurs.
Le vieux barbier, par tous vénéré comme un sage,
Avait pour mission de régler le partage.
C'était lui qui toujours faisait tirer les lots,
Et qui, comme doyen, s'adjugeait les plus gros.

On le disait fort riche, et plus d'un moine rance
En passant devant lui faisait la révérence.
Le père de Concha, qu'on nommait Cordela,
Mieux qu'un corrégidor gouvernait à Puebla.
Il n'était ni sergents, ni geôliers, ni gendarmes
Qui le vissent passer sans lui porter les armes.
Les braves alguazils lui tiraient leurs chapeaux.
Ces honneurs lui coûtaient quelques petits cadeaux;
Mais pour quatre doublons qu'il jetait dans leurs poches.
Il en pouvait, chez lui, faire entrer des sacoches.

. . . .

Cordela donc était assez haut personnage,
Et sa fille Concha, la reine du village,
Avait trente amoureux, le soir, à ses volets,
Qui lui chantaient l'amour en soixante couplets.
La belle fille étant passablement coquette,
Voyait, non sans orgueil, chacun perdre la tête,
Celui-ci pour ses yeux, celui-là pour son cou,
Et disait, en riant de chacun : « Il est fou ! »
Notre digne ami Juan avait trouvé le rôle
Que jouaient ses amis près de Concha, très-drôle.

Il en usa trois jours; mais lassé de filer
L'amour sans bénéfice, et de caracoler

Comme un cheval savant auprès d'une statue,
Il changea de tactique, et, comme une tortue,
Devint froid tout à coup envers Niña Concha,
Qui, ne comprenant pas la ruse, se fâcha
Et vint un beau matin, sous le dais d'un platane,
Égratigner don Juan et l'appeler un âne.
J'aurais peur de mentir en disant que l'amour
Enflécha d'un seul coup leurs deux cœurs en ce jour.

Mais tout ce que je sais, c'est qu'à la nuit venue,
A don Juan Cordela fiançait l'ingénue.

Don Juan, en arrivant, embrassa le barbier
Et lui dit en riant : « Je viens me marier.
— Bon ! répondit le vieux, ta femme est à l'église ;
Va lui faire un peu l'œil ! Je verrai *Barbe-Grise,*
C'est un bon capucin qui vend ses *oremus*
Moins cher qu'aucun apôtre. — Oh ! j'ai des *carolus !*
Fit Juan, et je pourrais me payer l'archevêque.
— As-tu donc pris un bain aux mines d'Olopèque ? »

. . . .

On fit le mariage en grand. Les capucins
Nasillèrent la messe à charmer tous les saints.

Les amis du barbier, cavaliers de la route,
Tirèrent des pétards et mirent en déroute
Tous les noirs *estancos*. Ce qu'on usa de fleurs,
De poudre, de chansons, de vins fins, de liqueurs,
De rubans, de gâteaux, de sorbets, d'orangeade,
Eût suffi pour huit jours à toute la bourgade.
Cordela triomphait, et la belle Concha
Faisait à son époux des caresses de chat.

Enfin, le moment vint d'allumer les chandelles.
Don Juan, dans le jardin, sous de fraîches tonnelles,
Finissait un cigare en fixant le pavé.
Tout à coup don Ramon parut et dit : « *Ave !*
Tu ne m'attendais pas, don Juan, mais je t'apporte
Un présent... le voici. — Que le diable t'emporte !
Exclama le mari de fort mauvaise humeur.
Je ne t'attendais plus, ma parole d'honneur !
Et.... tu peux t'en aller. — Reconnais-tu ta dette ?
— Oui ; mais pour la payer ma femme n'est pas prête. »

Ramon se prit à rire et fit feu. Le mari
Roula sur le gazon en jetant un grand cri,
Qui fit sortir Concha sans ruban ni dentelle.
« Don Juan, mon amoureux ! mon Dieu ! s'écria-t-elle,

2

Il est mort tout à fait! — Qu'as-tu? dit Cordela,
Qui venait d'arriver. — Tenez! regardez, là!
C'est mon pauvre mari... Voyez s'il vit encore.
Il a du sang au front. — Ma fille, je déplore
Ce funeste accident; mais don Juan ne vit plus...
Ne te désole pas!... Avec mes vieux écus

« Nous le remplacerons. Sa perte est réparable.
Je connais vingt garçons de figure agréable
Qui valent cent fois mieux que ce *picaro*-là[1].
Mourir en ce moment! On n'a point vu cela!
Or, Dieu sait ce qu'il fait : il connaissait ce drôle
Et le jugeait sans doute indigne du beau rôle
Qu'il devait... Ce don Juan n'était qu'un sot, ma foi!
Tu pleures, chère enfant; certe, il n'est pas de quoi!
— Père, il faut que demain le chanteur de Grenade
Vienne, avec tes amis, me donner une aubade! »

---

1. *Picaro,* coquin.

III.

LE LEPERO.

Il est un fait certain, c'est que les *leperos* [1]
Sont toujours fort nombreux *calle* des *Plateros* [2],
Qu'on les voit à toute heure errer à l'aventure,
Et de leur vieux sarap se draper la figure.
Ces pauvres réprouvés du beau monde élégant
Se promènent pieds nus, l'air assez arrogant.
Heureux dans leur misère, ils n'ont aucune envie :
Un cigare, des fruits, voilà pour eux la vie.
S'ils gagnent quelque argent à porter des fardeaux,
Vous les verrez bientôt se bourrer de gâteaux.

Un soir que l'un d'entre eux, las de bayer aux nues,
Sentant trembler de froid ses maigres jambes nues,

1. Les gens du peuple, les Indiens, au Mexique.
2. *Rue des Orfèvres.*

Cherchait dans son esprit quel moyen inventer
Pour dans quelque *estanco* s'en aller abriter,
Un jeune cavalier lui frappa sur l'épaule :
« Chien, dit-il, tu connais le logis de la Paule ?
— Doña Paula, señor ? — Eh ! doña, si tu veux,
Une vieille qui tient une maison de jeux.
— Señor, depuis huit jours je la crois mise en terre.
— Que le diable ou Jésus reçoive la vipère !

— Amen donc ! murmura le pauvre lepero.
— Chien, reprit en riant le beau cavallero,
Pourrais-tu me conduire en quelque bal honnête ?
Dans vos affreux faubourgs n'est-il pas toujours fête ?
— Assez souvent. — Dis-moi, comment t'appelles-tu ?
— Chien, señor ! — Aujourd'hui t'es-tu déjà battu ?
— Trois fois, et j'ai tué, si vrai comme nous sommes
En face d'un couvent, deux des plus vaillants hommes.
—Vous vous êtes battus... comment donc ?—Aux couteaux !
— Le motif ? — Mes amis m'avaient pris deux réaux.

— Cela valait la peine ! — Oui, mais je dois vous dire,
C'était moins pour l'argent... nous voulions un peu rire.
N'ño Pablo soutenait qu'au premier de ses coups
J'allais, comme un agneau, tomber à ses genoux.

Caramba! ce propos me parut téméraire...
Pablo leva le bras, je bondis en arrière,
Et, revenant sur lui, je frappai comme un fou;
Mon couteau tout entier lui traversait le cou.
Lors, Ramon prit au mort son fer et vint en place.
Allez voir, à présent, il est froid comme glace!

— Par la Vierge! païen, en t'entendant parler,
J'aurais, sur mon honneur! du goût à t'enfiler,
Et si tu veux te battre avec moi, je te donne
Deux écus d'or d'Espagne... oh! mais ma lame est bonne.
— Avant de consentir, il faudrait voir un peu
Si Votre Grâce entend quelque chose à ce jeu...
Voulez-vous essayer? Señor, sans vanterie,
Je passe pour très-fort. — Tais-toi, chien; je parie
De t'envoyer bientôt où sont Pable et Ramon.
Tiens-toi bien! je commence. — Ainsi, c'est tout de bon?

— Tout de bon! Garde-toi. — Señor, frappez sans crainte!
Ce coup n'est pas mauvais; j'ai senti votre pointe...
Couvrez-vous, s'il vous plaît, avec votre manteau [1],

1. Les combats aux couteaux sont très-fréquents au Mexique. Les *joueurs* roulent leur manteau sur leur bras gauche et s'en servent comme d'un bouclier, pour parer les coups.

2.

C'est un bon bouclier contre mon fin couteau...
Pardon! recommencez; on glisse à cette place...
Avancez par ici... Si Votre Grâce est lasse...
Nous nous reposerons... Ce coup est bien porté,
Le bras de Votre Grâce est ferme, en vérité...
Cet élan ne vaut rien... vous perdez de la force
Et vous pourriez très-bien vous donner une entorse.

—Triple fils de guenon, prétends-tu donc ici
T'amuser? — Pourquoi pas? — Attrape donc ceci!
—Señor, dis-moi ton nom avant que je te tue;
Je veux bientôt aller le crier par la rue
Et dire à mes amis que tu te battis bien.
Ils prieront tous pour toi comme pour un chrétien.
Comment t'appelle-t-on? — Pourceau, tu me tutoies?
— Oui, mon beau cavalier, et c'est pour que tu croies
Que ton heure est venue et que tu vas mourir...
Pour toi, la vie est douce, et tu dois y tenir?

—Ma foi! pas trop.—Ton nom?—Connais un peu ma lame!
—Ah! vous m'avez touché. Maintenant, sur mon âme!
Je jure au premier coup de vous jeter à bas...
Êtes-vous fatigué? — Non! je ne le suis pas;
Tu peux frapper sans crainte. — Alors, je continue...

— Ouf! je sens... dans mon cœur entrer... ta lame nue...
C'est assez! laisse-moi mourir en bon chrétien...
Mais dis-moi donc ton nom? — Dis-moi d'abord le tien.
— Je me nomme don Luis et j'ai là... sous ma veste,
Vingt onces...— Grand merci! je hais l'or, ce soir.— Peste!

— Veux-tu savoir, don Luis, le nom qu'on m'a donné
Le jour trois fois maudit, le jour où je suis né?
Satan fut mon parrain, et j'ai raison d'y croire...
— Mon cher, je vais mourir, abrége ton histoire
Et... dis-moi ton nom seul... tu me feras plaisir...
Je sens les doigts crochus de la mort me saisir...
— Je me nomme *la Haine* et je fais rude guerre
A vous tous, insensés, qui ne vous gênez guère
Pour nous meurtrir la chair, pour nous exaspérer.
— *La Haine,* prends mon or pour me faire enterrer. »

Le don ferma les yeux. Son farouche adversaire
S'inclina doucement et le coucha par terre.
Puis il alla frapper au guichet du couvent,
Disant au moine impur qui mit le nez au vent :
« Mon père, un jeune don est là qui vous réclame.
Voilà pour l'enterrer et prier pour son âme.
— Mon fils, dit l'homme au froc en empochant cet or,

L'abbé dira la messe à ce bon seigneur mort. »
Le moine disparut sous une arcade brune.
Le lepero se mit à contempler la lune.

IV.

JUÁNA.

A MADAME RUTH G...

Vous m'avez dit un jour, si j'ai bonne mémoire,
De vous écrire en vers quelque exotique histoire
Et vous m'avez laissé le choix de mon sujet.
Madame, je vais donc vous conter tout d'un jet
Une histoire d'amour. Elle est mélancolique,
Et vous ferait pleurer si vous aviez trente ans.
Seulement, il faudra qu'on passe le tropique :
L'histoire en question se trouve en Amérique,
Contrée où, vous savez, on peut voir des serpents
Moins que des moines, mais plus que d'honnêtes gens.
Il faudra bien un peu, pour lire cette histoire,
Véridique en tous points plus qu'on le pourra croire,
Apprendre l'espagnol. De l'écrire en français
Je n'ai pas fait serment. Malgré tous les succès

Qu'elle ne peut manquer d'avoir auprès des dames,
Je ne puis oublier qu'en ce temps de réclames
Je ne saurais jamais trop applaudir mes vers
Et les dire parfaits, quoiqu'ils soient de travers.
En voyant mon récit courir strophe par strophe,
Je crains qu'un batracien ne vienne et m'apostrophe :
« Vous prenez à Byron sa forme et sa façon ?
— Eh ! monsieur l'éplucheur, ai-je donc pas raison ?
— Sans honte, sans pudeur, vous fouillez dans la poche
De monsieur de Musset, le père de Mardoche ?
— Allez vous promener ! Vous raisonnez fort bien,
Mais je pars. Voulez-vous faire un tour au Mexique ?
Ce pays, je vous jure, est beaucoup catholique ;
Mais, en revanche, il n'a pas un poil de chrétien. »

Au fond d'un golfe bleu, sur une côte aride,
S'élève Vera-Cruz, ville à l'aspect livide.
Son château d'Uloa la défend sur la mer,
Où roulent cent vaisseaux sur leurs ancres de fer.
Le môle, avec son phare, est l'endroit où les belles
Vont respirer le frais sous leurs vertes ombrelles.
Quelques pesants clochers, quelques tours de couvents,
Un fort, un hôpital et d'autres bâtiments
Dépassent quelque peu les maisons à terrasses.
Sur tous les points saillants, d'affreux oiseaux voraces

Qui, jour et nuit, vous font un horrible sabbat.
On voit, dans le lointain, le *Pic d'Orizaba,*
Le *Coffre de Pérote,* ainsi nommé, je pense,
Parce qu'avec un coffre il est sans ressemblance.
Ces deux monts sont couverts, l'hiver comme l'été,
De neige, et leur aspect n'est pas sans majesté.
Derrière la cité s'élèvent quelques dunes,
Et le long de la côte on voit les coques brunes
Des navires perdus. Lorsque souffle *le Nord* [1],
Plus d'un bon marinier dit son *Confiteor.*

On aperçoit plus loin une île toute verte;
De cases, de palmiers elle est presque couverte.
Son nom est *la isla de Sacrificios ;*
On n'y peut faire un pas sans marcher sur des os.
Vera-Cruz est la ville où, vous pouvez m'en croire,
Plus d'un Européen a fait son purgatoire.
A chaque angle de rue est un bel *ex-voto*
Planté là par quelqu'un guéri du *vomito.*
Les trottoirs sont construits en pierres-madrépores;
On sue, en ce pays, le sang par tous les pores.

---

1. Le Nord (*el Norte*); c'est ainsi qu'on désigne, à la Vera-Cruz,
l'horrible vent qui souffle ses colères sur la rade.

Pour chacun, Vera-Cruz est un épouvantail.
Ouvrez monsieur Balbi, pour plus ample détail!
Ce savant géographe a décrit tous les mondes,
Et, prodige inouï! dans ses courses fécondes,
Il a su transformer l'enfer en paradis,
Le désert en cité. Près de ses oasis
On voudrait s'arrêter; mais, le diable m'emporte!
Si l'on peut les trouver. Monsieur Balbi rapporte
Qu'il est un doux pays nommé Guatemala;
Je voudrais seulement qu'il vécût deux ans là.

Phébé, pardonnez-moi, je veux dire la lune,
Éclaire doucement la mer dans la nuit brune.
C'est l'heure où tous les yeux fixent les lourds balcons.
Les dames ont quitté les étouffants salons,
Et viennent respirer et rire à leur étoile.
L'éventail, en leurs mains, parle à tous les passants,
Grince aux cavalleros des mots très-caressants;
Et ceux-ci, tout en feu, sous leur veste de toile,
Font grimper aux beautés leurs brûlants madrigaux
Qui, soit dit entre nous, sont fort originaux.

Le *sereno* brait l'heure en traversant les rues,
Annonce le beau temps quand l'eau tombe des nues;

Le franciscain, tout bas, jure dans son manteau
Et lorgne, sous les bords de son large chapeau,
Les yeux noirs amoureux, les fines chevelures,
Qu'en causant follement, de folles créatures
Épandent en longs flots aux pieds de leurs amants.
Croyez-moi, l'homme au froc, en ces rudes moments,
Noierait bien volontiers son âme en l'eau bénite
Et se pendrait au cou de ces dames bien vite!

C'est qu'elles sont vraiment belles à perdre un saint.
Ces démonnes au pied mignon comme leur main!
Et puis, il faut les voir, amoureuses et fières,
Voiler leurs longs regards de leurs roses paupières,
Sourire et minauder, coquetter, soupirer...
A la première vue, il faut les adorer.
Pour ma part, je les vis briller dans chaque fête,
Et, pour elles, vingt fois j'ai bien perdu la tête.
Voilà beaucoup de vers comme introduction.
Madame, donnez-m'en votre absolution.

Dans un faubourg fort sale, auprès d'un monastère
Encor tout ruiné d'un tremblement de terre,
Est un pauvre logis à tous les vents ouvert,
Case en bois mal bâtie, avec un volet vert.

3

Sa porte d'acajou ne me semble pas faite
Pour s'ouvrir à minuit, à moins d'un écu rond.
Ce bouge est habité par une dame honnête,
Mais laide à faire peur, malingre et contrefaite,
Verdâtre, — tout son sang est du jus de citron...
Un voile de coton couvre à demi son front.

On la nomme Pepa. Ce nom a bonne mine
Sur un front de quinze ans. Pour moi, je l'abomine;
C'est un diminutif du nom de Josefa.
Assise dans la case, au coin d'un vieux sofa,
Et se cachant les yeux sous une main pâlotte,
Une charmante enfant se désole et sanglote.
Elle est belle à ravir : voyez son petit pié
Dont son jupon brodé nous cache la moitié.

. . . .

. . . .

Voyez ses beaux cheveux qui pleurent comme un saule
Et couvrent à demi sa fine et brune épaule.
Que fait là cette enfant chez l'infâme Pepa?
Elle attend son amant, et, comme il ne vient pas,
Pour se distraire un peu, c'est tout simple, elle pleure!
Que voulez-vous? voilà, je crois, bientôt une heure

Qu'elle attend don Carlos.

     Silence! le voilà.

L'indolente Pepa verse le chocolat.

« Vous voilà donc enfin! Oh! l'horrible infidèle!

— Bonne nuit, señora! Ce soir, tu n'es pas belle.

— J'ai tant pleuré, Carlos! — Pleuré! Pourquoi cela?

— J'étais folle, pardon! Maintenant, te voilà...

Je ris. Ne veux-tu pas baiser un peu mes lèvres?...

— De tous ces beaux baisers il faut que tu me sèvres,

Juana; depuis un mois, tu n'es plus dans mon cœur...

— Que dis-tu? — Tu seras ma fille, ou bien ma sœur;

Mais tu ne seras plus jamais mon amoureuse...

— Peux-tu me dire au moins le nom de ma voleuse?

— Est-ce que je le sais? — Où vis-tu ta beauté?

— Sur la route de Puèble à Mexico, l'été.

— Et, soupira Juana d'une voix douce et lente,

Son image, partout, te suit et te tourmente...

Tu l'aimes, mon Carlos, comme tu sais aimer?...

— Je l'aime en possédé... je voudrais animer

De mon souffle, Juana, les pierres que sa robe

Effleure à chaque pas... Mais, adieu! voici l'aube,

Il faut nous séparer. — Déjà? — Mon petit cœur,

Il le faut! — Mon Carlos, tu t'en vas sans douleur?
— ...Oui!... tu ne m'en veux pas?—Vous aimez une femme
Belle et noble... C'est bien! donnez-lui donc votre âme.

— Eh! fit Carlos moqueur, en lui prenant la main,
Dites-moi, mon amour, que ferez-vous demain?
— Je ne sais! dit l'enfant avec un doux sourire.
— Ah! vous ne savez pas?... Je dois donc vous prédire
Ce qu'il vous adviendra : vous irez chaque soir
Errer sur la jetée, et là, de votre œil noir,
Agacer tous les *dons* qui cherchent une femme...
Votre honnête Pepa, cette sorcière infâme,
Vous aidera fort bien; elle ira, s'il le faut,
Vous offrir. Son talent ne vous fera défaut.

« Oh! certes, la païenne, avec sa face vile,
Pour perdre les enfants est une femme habile,
Et je ne sais pourquoi, Juana, je me retiens
De lui rompre les os et de jeter aux chiens
Son vieux cadavre infect... — D'où vient cette colère?
Qu'avez-vous, mon ami? — Dis-moi, que vas-tu faire
Quand je serai parti?... Tu vas vendre l'amour
A quelque muletier, au coin d'un carrefour?...

— Tout se peut, mon chéri. — Tout se peut ! Sur mon âme,
Vous n'avez que seize ans, mais vous êtes bien femme.

« Savez-vous que j'ai là, caché sous mon pourpoint,
Mon couteau catalan ? — Oh ! je ne le crains point.
— Non ! bien, nous allons voir. Pepa ! ferme ta porte
Et trouve quelque chose où fourrer une morte. »
Pepa, tout effarée, obéit en tremblant,
Et Carlos se leva, terrible et chancelant :
« Juana, dit-il, il faut faire un bout de prière,
Car tu touches, mon ange, à ton heure dernière.
— Frappez ! » fit la pauvrette en découvrant son sein.
Carlos laissa tomber son fer sur le coussin.

« Quoi ! vous vous arrêtez ? — Oui ! vous êtes trop belle,
Et je n'aime que toi. — Taisez-vous, infidèle !
Vous allez me quitter pour vos autres amours.
— Non, non, ma Juanita, je t'aime, et pour toujours !
— Toujours ! c'est bien longtemps. — Va ! ce n'est qu'une vie !
Vite, un joli baiser. Encore un ! Oh ! j'envie
L'hérétique Pepa qui te garde, cher cœur !
Je me ferais, je crois, si je n'étais voleur,
Duègne. — Allez, don Carlos, voici bientôt l'aurore...

Vous reviendrez ce soir ! — Tu m'aimeras encore?... »

Juana mit un baiser au front de son amant,
Lui prit un anneau d'or, et, ses yeux se fermant,
Elle se laissa choir sur le sofa de laine.
Don Carlos délia sa jument mexicaine,
Et, jetant sur ses yeux son feutre au galon d'or,
Il se mit à courir, en entendant un cor
Sonner, impatient, au loin dans la montagne.
Or, il passait par là l'évêque et sa compagne :
Les bandits de Carlos, venus de bon matin,
Attendaient celui-ci pour régler le butin.

II.

MARTHA.

A M. LE COMTE DE CAVOUR[1].

A trois milles de Rome, assise sous un arbre,
Une enfant de seize ans, pâle comme le marbre,
De son pied nu roulait les cailloux du chemin.
Son jeune front pensif reposait dans sa main,
Et son regard errait, tout empreint de mystère,
Sur la route, en ce jour muette et solitaire.

1. Peu de temps avant sa mort, M. le comte de Cavour avait bien
voulu agréer cette pièce. « Espérons, m'écrivait-il, que l'Italie n'aura
bientôt plus de *Forli*, et qu'elle aura toujours des *Martha*. »

Elle était habillée, hélas! fort pauvrement :
Un vieux jupon de laine, un petit fichu blanc,
Une chemise jaune, un peu brodée aux manches,
Composaient son costume. Elle avait, les dimanches,
Une rose, il est vrai, piquée en ses cheveux,
Et le plaisir du bal qui brillait dans ses yeux.
On la nommait Martha. Les gens de son village,
Pauvres gens qui passaient leur vie au labourage,
Pour reposer leurs bras d'un pénible labeur,
Pour charmer leur esprit, pour rafraîchir leur cœur,
Quand le soir arrivait, appelaient la pauvrette
Et lui faisaient chanter ses doux airs de fauvette.
Sa présence partout répandait un parfum;
Tout le monde l'aimait, car elle aimait chacun.

Martha depuis longtemps avait perdu son père ;
Un brave homme, ma foi! qui, las de sa misère,
Gaîment était allé, sur les chemins battus,
Faire, au clair de la lune, une chasse aux écus.
On le nommait Forli; c'était un philosophe,
Entre vice et vertu se tenant limitrophe,
Un de ces gens enfin qui ne font pas grand cas
.Des filets sociaux que l'on tend sous leurs pas;
Grands hommes, vrais héros, suivant toujours leur route,
Et dont l'âme trempée en acier ne redoute
Que le diable et la peste, et qui vont bravement

Leur chemin, jusqu'au jour où le bourreau les pend.
...Ce jour-là vint pour lui ; mais, comme en son village,
Il avait su se faire estimer comme un sage,
Par amour pour Forli, de pauvres paysans,
Adoptèrent la fille et furent ses parents.

Un touriste passa près de notre rêveuse :
C'était un beau monsieur de figure joyeuse.
Il lisait un journal et ne pouvait pas voir
Rayonner de Martha le grand et pur œil noir.
Celle-ci rougissant, mais s'armant de courage,
Aborda l'etranger avec un gai visage,
Et, d'une voix d'oiseau, lui bégaya ces mots,
Qui lui firent tourner les yeux sous les rameaux :
« Excellence, salut ! C'est Dieu qui vous envoie !
Vous lisez un papier... oh ! faites-moi la joie
De me dire, seigneur, s'il ne raconte pas
Tout ce qu'ont déjà fait nos courageux soldats. »

Le touriste, surpris, examina la belle,
Et d'un air cavalier vint s'asseoir auprès d'elle.
Puis l'ayant contemplée, ému, quelques instants :
« Nous pouvons, lui dit-il, employer notre temps
Un peu mieux, mon amour, qu'à jaser politique,
Et, si vous m'en croyez, les fleurs de rhétorique
Ne valent point les fleurs qui poussent à vos pieds

3.

Et qui rendent si beaux tous vos petits sentiers.
Vous a-t-on dit parfois que vous êtes jolie,
Que vous êtes vous-même une fleur d'Italie,
Et que, si vous vouliez être aimée, un beau jour,
Vous trouveriez des gens pour vous brûlant d'amour?
Savez-vous, mon enfant, qu'avec ce beau front d'ange
Et ces yeux de velours, on peut trouver étrange
Que vous ne soyez pas équipée un peu mieux?
Votre jupon, ma chère, est très-pauvre et très-vieux,
Et, si vous le vouliez, sans vous mettre en campagne,
Sans battre la cité, la plaine ou la montagne,
Vous pourriez aisément couvrir vos jolis doigts
De superbes anneaux et de gants de chamois;
Vous pourriez vous vêtir ainsi qu'une duchesse,
Et savoir, sans rêver, ce que vaut la richesse.
M'avez-vous bien compris? Je ne suis pas flatteur;
J'exprime seulement ce que pense mon cœur.
Maintenant, dites-moi comment on vous appelle
Et comment il se peut que vous soyez si belle? »

Martha, sur l'étranger, leva ses jolis yeux
Et répondit bientôt, le front tout sérieux :
« Seigneur, en ce moment, ma mère, l'Italie,
Par le dur Kaiserlich si longtemps avilie,
Appelle tous ses fils pour lui porter secours
Et pour la délivrer des serres des vautours...

N'entendez-vous donc pas au loin gronder la foudre,
Et ne sentez-vous point l'âcre odeur de la poudre
Que la brise transporte à travers les chemins?
Son parfum est plus doux que celui des jasmins;
Et, si j'étais un homme, au lieu d'être une fille
Qui ne sait que prier et manier l'aiguille,
J'irais où sont allés tous les cœurs courageux.
Vous, vous avez la force, et c'est vraiment honteux
Que vous n'entendiez pas la voix qui vous appelle;
C'est la voix du canon, elle est sublime et belle,
Et, pour y rester sourd, il faut, en vérité,
Que vous n'ayez au cœur nulle virilité.
Allez en Lombardie, où vont tous les gens braves!
Puis, quand mon cher pays sera libre d'entraves,
Revenez me chanter la chanson des amours,
Cette vieille chanson que l'on aime toujours;
Vous me retrouverez et pourrez alors dire
Tout ce qu'il vous plaira, je saurai vous sourire.
Mais, croyez-moi, seigneur, il n'est que les poltrons
Qui pensent à l'amour quand sonnent les clairons. »

L'étranger se leva. Frappé par ce langage,
Une sorte de honte empourprait son visage.
Il regarda l'enfant, et, lui prenant la main :
« Écoutez, lui dit-il, je partirai demain;
Mais, pour faire de moi, cervelle détraquée,

Brusquement un soldat, un héros d'épopée,
Pour me rendre hardi, pour me donner du cœur,
Pour que je puisse enfin vous faire quelque honneur,
Dites-moi votre nom, ma belle patriote,
Et si fort, croyez-moi, que là-bas on tapote,
Je saurai bien le faire entendre à l'ennemi.
Mon cœur s'amollissait, vous l'avez raffermi;
A vos vœux maintenant mon âme s'associe;
Vous m'avez fait rougir... je vous en remercie.
Et je serai vaillant comme feu... Jugurtha...
Maintenant, votre nom?

                              — Je me nomme Martha.
Partez, partez, seigneur; je prierai la Madone
Soir et matin pour vous, afin qu'elle vous donne
La force, et puis bientôt un glorieux retour.
— Merci, Martha! Je pars; adieu, mon jeune amour! »

Deux mois plus tard, Milan, Lucques, Parme, Florence
Unissaient leurs drapeaux aux drapeaux de la France.
L'Italie était libre, et Martha, tout en deuil,
Au fond d'un hôpital pleurait sur un cercueil!

III.

JEDDAH.

C'était un jour d'août, tout doré de soleil :
Les blonds épis déjà, tombés sous les faucilles,
En gerbes s'amassaient aux pieds des jeunes filles,
Et de jolis enfants, au visage vermeil,
Couraient et gambadaient sur la terre fumante,
Riant, les petits fous, pour un nid d'oisillons
Que leurs pieds destructeurs foulaient dans les sillons.
A genoux, près de là, Jeddah, la mendiante,
Ramassait chaque épi dédaigné du fermier,
Ce pauvre épi que Dieu fait jaunir le premier.

Jeddah avait trente ans; mais, à la voir si lente,
Si maigre, l'on eût dit qu'elle en avait cinquante.
Elle était étrangère, on ignorait son nom;
Sa pauvreté, c'était tout ce qu'on savait d'elle.
Monsieur le maire, un jour, enflammé d'un beau zèle,
Avait ceint son écharpe et décoré son front
D'un joli bonnet grec, pour questionner *Jeanne*.
Il avait préparé tout un pompeux discours
Brodé de mots ronflants, de termes de chicane,
Et fait pour égayer ses conseillers huit jours.

Puis, ayant fait venir son vieux garde champêtre :
« Va, lui dit-il, quérir la pauvresse à l'instant. »
L'alguazil obéit à son auguste maître,
Et l'amena bientôt d'un air fort important.
Le maire fit alors asseoir l'aventurière,
Et d'une voix vraiment pleine de majesté :
« Madame, lui dit-il, je suis l'autorité,
Vous me devez ici franchise tout entière;
Vous voyez ces couleurs qui me ceignent le corps,
Ces couleurs sont la loi! Montrez vos passeports! »

Jeddah lui répondit d'une voix singulière :
« L'alouette des champs, pour s'élever au ciel,

La biche, pour bondir à travers la clairière,
L'abeille, au corset d'or, pour composer son miel,
Tous ces êtres créés par la bonté divine
Vivent en liberté, sans soucis, sans efforts,
Et jamais ils n'ont eu, monsieur, de passeports.
Eh bien! moi, tout comme eux, je vis et je chemine
Sans trop m'inquiéter des lois que l'homme fait. »
Le maire, en l'écoutant, était tout stupéfait.

« Que me chantez-vous là? dit-il avec colère;
Vous oubliez, je crois, que si l'on vous tolère,
Exerçant dans ce bourg votre absurde métier,
C'est par charité pure, et que je n'ai qu'à dire
Un mot, rien qu'un seul mot, pour faire châtier
Ceux qui, devant la loi, comme vous osent rire.
Dites-moi tous vos noms, montrez-moi vos papiers,
Et... sur mon tapis neuf ne mettez pas vos pieds. »

.   .   .   .

.   .   .   .

« Je me nomme Jeddah. Les gens de ce village
M'appellent toujours Jeanne, et c'est vraiment dommage;
Car mon nom véritable est doux et vénéré.
Ma mère le portait; il m'est cher, et je l'aime.

Je suis enfin, monsieur, une enfant de Bohême.
Le monde est mon pays, j'y chemine à mon gré,
Ne m'arrêtant jamais qu'alors que je suis lasse.
Je suis venue ici pour reposer mes pieds
Écorchés bien souvent aux ronces des sentiers ;
Mais demain vous aurez, monsieur, perdu ma trace.

— Quel métier faites-vous pour gagner votre pain ?
Dit le maire d'un ton moins rude, moins hautain.
— Moi, répondit Jeddah, je suis une hirondelle,
Je m'abats dans les champs au doux temps des moissons,
Et pour les travailleurs j'ai de vives chansons.
Ma voix toujours, pour eux, est agréable et belle,
Elle abrége le temps qu'ils passent au labeur,
Et, pour prix du plaisir que ma gaîté leur donné,
Ils permettent parfois qu'à leurs pieds je moissonne :
Il faut si peu d'épis au pauvre oiseau chanteur !

— Mais l'hiver, pauvre femme, hélas ! la terre est dure ;
Elle n'a plus d'épis dans ses champs dévastés...
Comment faites-vous donc? — L'hiver, j'ai les cités.
J'arrête les passants pour la bonne aventure;
J'ai toujours l'espérance à répandre pour eux;
C'est la fleur qui rayonne au cœur du pauvre honnête,

Et dont le frais parfum rend fort et vertueux !
Cette fleur de mon âme, au passant je la jette,
Et je reçois de lui, le long de mon chemin,
L'humble sou qui me donne un logis et du pain.

« J'ai vu Smyrne, Stamboul, les Indes et la Perse,
J'ai vu le beau pays de la déesse Isis,
Et, semblable au vieux Nil qui, sans s'épuiser, verse
Sa belle onde dorée aux vertes oasis,
Mon esprit, sans tarir, improvise à la foule
Qui m'entoure, le soir, au coin du carrefour,
Des histoires de guerre ou des romans d'amour ;
Et c'est ainsi, pour moi, que chaque hiver s'écoule.
Puis, dès que j'aperçois les feuilles du printemps,
J'abandonne la ville et cours joyeuse aux champs.

« Les champs ! oh ! je voudrais y consommer ma vie.
La main de Dieu s'y montre à mon âme ravie.
A l'ombre du buisson qui fleurit le chemin,
Je vis heureuse et n'ai que de chastes pensées.
Je vois pousser des fleurs fraîches et nuancées,
Et que, sans les cueillir, je tresse dans ma main.
J'entends la pure voix des vives alouettes,
Et mon esprit comprend tout ce que dit leur chant :

Tout m'inspire et me charme, et, comme les poëtes,
J'élève au Dieu du ciel un hymne bien touchant.

« Souvent le cri joyeux d'un bel enfant qui passe,
M'arrache à mon extase et réveille en mon cœur
Un tendre souvenir de joie et de douleur.
Je fus mère et n'ai plus l'ange au front plein de grâce,
Aux beaux yeux de gazelle, aux jolis cheveux blonds,
Le fils dont le regard, plein de mansuétude,
Éclairait doucement ma sombre solitude.
Il n'est plus, et je vais où mes pieds vagabonds
Me portent, sans jamais regarder en arrière,
En attendant la mort, seul but de ma prière! »

Le maire était ému. Pour la première fois
Il oubliait qu'il fût le protecteur des lois.
Jeddah avait touché, par sa naïve histoire,
Son cœur municipal. Il lui tendit la main
Et lui dit : « Pauvre femme, allez votre chemin!
Que Dieu soit avec vous! pour moi, je ne puis croire
A tout le mal qu'on dit du pauvre Bohémien...
J'ai des champs pleins d'épis que le soleil inonde,
Allez-y moissonner votre pain quotidien!
— Non! dit Jeddah, demain je pars pour Trébizonde! »

IV.

SONGERIES.

I.

LE VIEILLARD, LE JEUNE HOMME
ET L'ENFANT.

LE VIEILLARD.

Où sont les chauds étés de ma belle jeunesse?
Où s'en est donc allé mon soleil d'autrefois?
Le soleil d'aujourd'hui, sur la cime des bois,
Au lieu de pourpre et d'or ne répand que tristesse;
Il ne sait plus mûrir les odorants raisins,
Ni faire au rossignol chanter ses airs divins!
Les roses du vallon, jadis si parfumées,
Ne portent plus dans l'air leurs boutons gracieux,

Plus de fleurs aujourd'hui pour enchanter nos yeux
Et pour parer encor le front des bien-aimées!

LE JEUNE HOMME.

Père, il fait encor chaud! ton soleil n'est pas mort.
Vois fleurir dans les prés mille fleurs étoilées,
Écoute dans les bois les belles voix perlées
Des petits passereaux vêtus d'azur et d'or!
Les buissons du coteau sont tout remplis d'abeilles
Qui vont de l'aubépine absorber le doux miel;
La gentille alouette, en chantant, monte au ciel,
Et je vois à mes pieds bien des grappes vermeilles!

L'ENFANT.

O père, si ton sang, hélas! s'est refroidi,
Si tes yeux, par les ans, sont devenus débiles,
Si ta force faillit pour des œuvres viriles,
Si tu te sens enfin le cœur tout engourdi,
Père, viens dans mes bras réchauffer ta vieillesse;
Tu verras par mes yeux, je serai ton soleil,
Mon souffle sur ton front versera le sommeil,
Et mes tendres baisers te rendront ta souplesse.

II.

LA JEUNE FILLE ET LA MÈRE.

LA JEUNE FILLE.

Enfin, c'est aujourd'hui que sonnent mes quinze ans!
Mère, quel beau soleil! que les roses sont belles!
Quel doux parfum répand ce beau jour de printemps,
Qui ramène au balcon mes chères hirondelles!
J'ai quinze ans, j'ai quinze ans! Oh! je voudrais courir,
Comme mon chevreau noir, à travers les prairies,
M'enivrer des senteurs des herbes enfleuries,
Et dans mes cheveux noirs sentir le vent frémir!

LA MÈRE.

Oh! tais-toi, mon amour; il ne faut jamais dire
Les pensers qu'en ton cœur font monter tes quinze ans.
Ton innocent babil, enfant, ferait sourire
Les sceptiques vieillards, les malins jeunes gens...

LA JEUNE FILLE.

Pourquoi souriraient-ils ? Ne suis-je point à l'âge
Où l'on parle toujours, toujours avec raison ?
Je ne suis plus l'enfant jouant dans la maison
Avec de vieux rubans ou quelque sotte image.
Aujourd'hui j'ai quinze ans, et tu peux assurer
Nos amis que je veux, ce soir même, enterrer,
Dans sa robe de bal, ma dernière poupée...
Mais si, pour la quitter, je verse quelques pleurs,
Tu ne parleras pas de ma belle équipée :
Les hommes, tu l'as dit, sont parfois si moqueurs.

LA MÈRE.

Ouvrons, pour mon enfant, les portes de la vie,
Et voyons-la briller sans douleur... sans envie !

III.

L'ENFANT ET LA MÈRE.

L'ENFANT.

Je voudrais bien savoir où vont les hirondelles
Et les blonds rossignols égayant le buisson ;
Dès que revient l'hiver, chacun ouvre ses ailes,
Et pour adieu nous dit sa dernière chanson.

LA MÈRE.

Mon fils, les rossignols, les vives hirondelles
Vont où les fleurs sont toujours belles.

L'ENFANT.

Je voudrais bien savoir où s'en vont les enfants
Qu'un vieux prêtre, en chantant, vient ravir à leur mère.
L'un d'eux a pris ma sœur en ses bras triomphants,
Et puis, il est allé la coucher dans la terre.

LA MÈRE.

Tous les petits enfants sortant de ce bas lieu
        Vont dans le ciel adorer Dieu.

L'ENFANT.

On ne va donc au ciel qu'en passant par la tombe ?
C'est un affreux chemin que Dieu nous a tracé ;
Et, pour monter à lui, faut-il donc que l'on tombe
Jusqu'au fond de l'abîme, anéanti, glacé ?

LA MÈRE.

La tombe, ô mon enfant, est le pur sanctuaire
        D'où l'âme sort de sa poussière.

IV.

LE MAITRE ET LE BERGER.

LE MAÎTRE.

Berger, que fais-tu là? tu regardes les astres!
C'est dans la plaine où sont tes chèvres, tes moutons,
Qu'il te faut regarder, sinon les loups gloutons
Viendront en ton troupeau répandre leurs désastres.

LE BERGER.

Seigneur, ne craignez rien, j'ai mes chiens vigilants;
Les loups n'oseraient pas affronter leur courage;
Leurs yeux, remplis d'éclairs, surveillent mon *parquage,*
Et je puis admirer les cieux étincelants.

LE MAÎTRE.

Quel plaisir trouves-tu à contempler la lune?
Ce n'est pas d'aujourd'hui que tu vois son croissant.

4

Les dieux ont leurs secrets, pauvre ver impuissant,
Et ton œil curieux, crois-moi, les importune.

LE BERGER.

J'ai rêvé, monseigneur, qu'en ces mondes, là-haut,
Les bergers comme moi quelque jour ont leur place,
Et je voudrais trouver, dans l'étoile qui passe,
De l'énigme des cieux le seul mot qu'il me faut.

V.

« Vieillard, où vas-tu donc de ce pas si pressé?
Pourquoi ce bel habit plaqué de broderies?
— Laisse-moi donc passer, ô jeune homme insensé!
Il est bientôt midi, je vais aux Tuileries.
— Vieillard, y vas-tu donc porter la vérité?
A ton âge, on peut dire au roi tout ce qu'on pense...
— Certe! et je lui dirai sans crainte : « Majesté,
« Vous êtes un grand roi, plein de magnificence! »

VI.

LA TRISTESSE DE COLIN.

« Enfant, pourquoi ce front tout chargé de tempête?
Pourquoi ces yeux méchants, cette bouche muette?
Ton amoureuse a-t-elle, à quelque préféré,
Offert un rendez-vous, mon beau désespéré?...
Je passais tout à l'heure auprès de la fontaine;
Aurore s'y trouvait avec sa cruche pleine.
Je lui criai bonjour; mais je la vis soudain
Cacher ses grands yeux bleus sous sa petite main...
Elle avait au corsage un bouquet d'églantine.
Ce bouquet, sur son cœur, fixé par une épine,
Était-ce toi, mon fils, qui, pour prix d'un baiser
Et comme un sceau d'amour, l'avait voulu poser? »

COLIN.

« Il s'agit bien de fleurs, de baisers, d'amourette!
Avec vos questions, vous me rompez la tête.
J'ai perdu ce matin mon cochon et ma vache;
Ils valaient cent écus... voilà ce qui me fâche! »

VII.

Aimer, aimer ma belle est le souverain bien;
Aimer, c'est croire en Dieu, c'est honorer la vie,
C'est se vêtir d'azur, c'est vivre d'ambroisie :
L'amour nous vient du ciel, tout le reste n'est rien !

— Ami, les diamants sont aussi quelque chose;
Les perles, les rubis arrangés en collier
Ont aussi leur mérite, on ne le peut nier !
Pour moi, dans mes cheveux j'aime à mettre une rose !

VIII.

MYSTÈRE.

Fleur des tombeaux, tu dois comprendre
Les pleurs, les sanglots et le deuil ;
Car, chaque jour, tu peux entendre
Les soupirs montant du cercueil.
Réponds-moi : crois-tu que la vie,
Du malheur toujours poursuivie,
Ne puisse aborder d'autre port
Que la tombe où tout se consume,
Que la tombe où tout être dort
Avec le doute, épaisse brume?
Crois-tu qu'il doive rester seul,
Celui qu'on coud dans un linceul,
Et qu'à son oreille glacée
Une voix ne murmure pas :
« Ne crains rien, pauvre âme affaissée,
« Mon ciel est au bout du trépas? »

Dieu m'a dit d'embaumer la terre,
D'être belle avant de mourir.
La tombe est un sombre mystère,
Cherche! Moi, je n'ai qu'à fleurir!

ESQUISSES MARINES.

I.

SUR LA PLAGE.

J'admire ce pêcheur qui, là-bas, se repose,
Tranquille en son sommeil, oubliant toute chose,
    Hormis son clocher bleu,
Sa vieille mère infirme et puis sa sœur chérie.
Pour lui, cœur simple et pur, il nomme la patrie
Le pauvre coin de terre où s'élève son feu!

Il est fier et joyeux quand, sur sa barque frêle,
Il retire de l'eau son filet qui ruisselle

Avec un lourd poisson ;
Il rame en caressant ses espoirs et ses rêves,
Et de loin, à sa sœur qui l'attend sur les grèves,
Il montre sa moisson.

Et puis, tout en ramant, il envoie à la brise,
Au flot qui vient baiser sa pauvre barque grise,
Un chant mélodieux ;
Il sourit à l'oiseau qui vient mouiller son aile,
Dans la vague roulant sa tristesse éternelle,
Comme tout ce qui rampe ou plane sous les cieux.

Le pêcheur a la foi : dans son âme aguerrie,
Il croit en Dieu le Père, en la Vierge Marie,
En son étoile d'or...
Il aime à voir passer au-dessus de sa tête
Les nuages fuyant, chassés par la tempête ;
Et puis, il aime encor

Sa douce fiancée, enfant au frais visage,
Qui, chaque soir, accourt, accourt sur le rivage,
Son amour dans les yeux.
Elle est belle à ravir, avec sa jupe étroite,

Sa rose qui frémit sur son oreille droite,
Son fichu de coton sur son cou gracieux.

Elle marche et se penche, et cherche au loin sur l'onde,
Non pas le fier vaisseau qui fait le tour du monde,
    Mais un humble bateau,
Et, tout en l'attendant, au bas des promontoires
Elle emplit son panier de galets, d'algues noires,
    Et met ses pieds dans l'eau ;

Elle arrache aux rochers, parmi les mousses blanches,
Les coraux que l'on voit resplendir les dimanches
    Autour de son beau cou.
Fille d'un vieux pêcheur et d'une douce femme,
Sa parure est modeste et ressemble à son âme,
A son âme qui vaut mieux que perle et bijou.

Voilà donc le bonheur ! il est là, sur la plage !
Deux enfants amoureux, oubliant l'univers
Et laissant leurs regards moduler un langage
Plus frais, plus cadencé, plus fleuri que mes vers.

Le jeune homme murmure, aux pieds de sa maîtresse :

« Rien ne vaut, ici-bas, ton suave baiser,
Rien ne vaut, ô mon cœur, ton amour, ta caresse,
Tes yeux bleus où mes yeux aiment se reposer!

« On voulait m'engager pour des courses lointaines :
La Fortune t'attend, me disait-on, là-bas.
Mais moi, j'ai su répondre à nos fiers capitaines :
Je suis riche en ces lieux et ne les quitte pas.

« Que m'importent cet or qu'on trouve en Amérique
Et ces perles qu'on va chercher au fond de l'eau?
N'ai-je pas ton sourire et ton front angélique,
Tes dents, perles aussi, de l'émail lé plus beau?

« N'ai-je pas, ô Lucy, ta chanson de fauvette,
Tes cheveux que la brise aime à faire ondoyer?
N'ai-je pas, oh! réponds, sur ta bouche muette
Une fleur à cueillir, le soir, à ton foyer?

« Et n'ai-je pas encore, ô ma vierge, ô mon âme!
L'espérance de voir un jour, assis en rond,
Sourire à mes refrains, doux rêve qui m'enflamme,

Deux ou trois beaux amours qui nous ressembleront?

« Ton chaste front rougit, ô mon ange, pardonne!
Pardonne si l'amour s'échappe de mon cœur!...
Punis-moi de t'aimer, à toi je m'abandonne!...
Mais je lis mon pardon en ton souris moqueur.

« Méchante! tu souris et tu railles mon rêve.
Prends garde, ma Lucy, c'est offenser le ciel!
Le bien dont nous rions, Dieu souvent nous l'enlève·
Pour nous remplir la bouche et d'absinthe et de fiel.

« Oh! qu'ils gardent pour eux leurs trésors, leur richesse,
Tous ces grands armateurs rongés d'ambitions!
Moi je garde l'amour de ma belle maîtresse,
Son amour me tient lieu d'honneurs et d'*actions*.

« Être marin, porter la ceinture écarlate,
Avoir à son flanc gauche un sabre au fin tranchant,
Un pistolet au poing, et, quand la foudre éclate,
Entonner, presque mort, un héroïque chant,

5

« Courir au bout du monde échanger fer et foudre,
Grenades et boulets avec les ennemis,
Planter son pavillon sur les cités en poudre
Et voir ses compagnons dans la mort endormis,

« Puis, revenir un jour s'asseoir en sa chaumière,
Montrer un galon d'or qui vous grimpe aux poignets,
Mettre sur les genoux de sa sœur, de sa mère,
La croix qu'on a gagnée en battant les Anglais :

« C'est un destin superbe et qui peut faire envie
A l'homme qui n'a pas, pour éclairer son soir,
Un regard rayonnant de jeunesse et de vie,
Un sourire amoureux qui resplendit d'espoir ;

« A l'homme qui n'a pas, pauvre âme condamnée,
Pour le récompenser un long et doux baiser,
Une main qui prépare, après chaque journée,
Le modeste souper où l'on aime à jaser.

« Mais moi, béni de Dieu, moi, qu'enfanta ma mère
En un jour de bonheur, mon cœur est sans besoin.

La gloire, ce grand mot, me semble une chimère,
Et puis, pour l'obtenir, il faut aller trop loin. »

Ainsi parle cet homme. Heureux en sa misère,
Il ne demande à Dieu, dans son humble prière,
    Que du soleil pour tous ses jours,
Que des fleurs sur son chaume et du vent dans sa voile,
Qu'un chaste et pur regard brillant comme une étoile
    Dans le ciel bleu de ses amours!

II.

BERTHE.

Berthe, la fille du pêcheur,
Berthe ne possède en ce monde
Que son bateau bruni par l'onde,
Que ses seize ans pleins de candeur,
Que sa gentille tête blonde !...
Ne plaignez point la pauvreté
De cette enfant qui s'abandonne
Au bon Dieu qui l'aime et lui donne
La mer immense et la gaîté.

Berthe est heureuse et ne désire
Ni les bijoux ni l'or impur;
Son regard, au rayon d'azur,
Vers le ciel s'élève; elle aspire
Après un trésor bien plus sûr.

Elle a son écrin plein d'étoiles,
Plein de rubis, plein de saphirs;
Elle a le baiser des zéphyrs
Qui la fait ployer sous ses voiles;

Elle a, sur les galets menus,
La vague toujours agitée
Qui roule sa robe argentée
Et lave ses jolis pieds nus.
Elle a, non loin de la jetée,
Sa cabane, au toit goudronné,
La mouette, à la gorge blanche,
Qui, pour mieux l'admirer, se penche
Du haut de son rocher miné;

Elle a son père qui fredonne,
Tout en arrangeant ses filets,
De patriotiques couplets,
Et son noir chevreau qui moissonne
L'amère fleur des serpolets;
Elle a le phare, qui dessine
Sur l'onde son orbe enflammé,
Et le vent du soir parfumé
Par les myrtes de la colline.

Berthe dédaigne tous atours
Pour embellir sa beauté pure;
Son cou blanc n'a d'autre parure
Qu'un pauvre ruban de velours.
Jamais la douce créature
N'élève un vœu de vanité.
Son cœur est tout à son vieux père,
Elle est heureuse en sa misère,
Et bénit son obscurité.

III.

UNE NUIT SUR LE RIVAGE.

Le port était muet, la nuit sans une étoile,
Sur les flots endormis pas l'ombre d'une voile,
                Aucun bruit dans les airs,
Pas un feu de bateau, de ferme ou de village,
Nul chant de marinier sur les sables déserts :
                J'étais seul sur la plage !

J'étais seul ! j'avais froid, j'avais froid jusqu'au cœur ;
Ce silence profond, ce deuil me faisait peur ;
                Je parlais dans le vide,
Et ma tremblante voix, vibrant sur le rocher,
Me revenait railleuse, impitoyable, aride...
                Je n'osais m'approcher.

Et pourtant, malgré moi, malgré ma peur horrible.
J'avançais. On eût dit qu'une main invisible
    Me poussait en avant.
J'avançais, écoutant avec inquiétude,
Hébété, presque fou, j'avançais chancelant
    Dans cette solitude.

La lune fit crever un nuage blafard,
Puis parut dans le ciel comme un morne regard.
    La brise rida l'onde,
Et la mer fit entendre un sourd vagissement,
Un murmure confus, une plainte profonde,
    Affreux gémissement!

Alors, il me sembla voir chacune des vagues
Rouler et ballotter des corps aux formes vagues,
    Fantômes de noyés!
Chaque flot m'apporta de lugubres paroles,
Et je vis s'éclairer de vertes lucioles
    Les rochers ondoyés.

En vain je voulus fuir ce lieu d'horribles rêves,
Je ne pus faire un pas au delà de ces grèves:

Mes pieds étaient de plomb.
Je me fermai les yeux de mes deux mains glacées,
Mais je vis encor mieux ces âmes trépassées
            Danser, danser en rond !

Tout à coup un grand feu parut sur le rivage,
Une argentine voix retentit sur la plage ;
            J'ouvris enfin les yeux.
Près de moi se tenait Jeanne la Mareyeuse,
Qui me dit en riant : « Vous êtes soucieux...
            Moi, je suis tout heureuse ! »

Et la jolie enfant, me prenant par la main,
Ajouta doucement : « Vous n'êtes pas marin,
            Et l'Esprit du rivage
Vous a fort effrayé... c'est tout simple, cela !
Mais restez près de moi : quand sa Jeannette est là,
            L'Esprit est toujours sage ! »

IV.

LE LAC D'AMATITLAN [1].

Beau lac où la lune se mire
Comme une femme en son miroir,
Sais-tu pourquoi mon cœur soupire
En te voyant si pur, le soir?
C'est que le doux bruit de ton onde
Me ramène vers le vieux monde
Où j'ai laissé prendre mon cœur;
C'est que sur ta face plissée
Où s'aventure ma pensée,
Je revois son image en fleur!

. . . .

1. Ce lac est à huit lieues de Guatemala (Centre Amérique).

O lac, j'entends des voix joyeuses
Retentir de chaque côté :
Ce sont de charmantes baigneuses
Qui rendent ton sein agité.
Elles sont blanches sous la lune,
Et leur chevelure si brune
Les dérobe aux regards charmés ;
Elles parlent de toutes choses
Et, dans l'onde, effeuillent les roses
Qui tremblent à leurs fronts aimés.

Plus d'une, ignorante et crédule,
Demande au flot resplendissant
Pour qui la plainte qu'il module ?
Le flot répond en l'embrassant.
Et l'enfant, dont l'œil étincelle,
Livre son beau corps qui chancelle
Aux caresses du flot heureux.
A l'avenir son âme rêve,
Et son regard suit sur la grève
Le pas furtif des amoureux.

Aux bruits des grinçantes guitares,
Sous les bosquets, de gais oiseaux

Lancent de bruyantes fanfares,
Puis vont se jouer dans les eaux.
La pirogue à la voile blanche,
Sur le lac bleu, mobile étoile,
File et laisse un sillon de feu.
Partout, sur l'eau, sur la montagne,
On sent que l'Esprit accompagne
La Nature, fille de Dieu!

La Nature dit à toute âme
De croire, d'aimer, de bénir!
Et Dieu, qui la guide et l'enflamme,
Lui trace son œuvre à finir.
Espérons des heures tranquilles,
Ranimons nos vertus débiles,
Soyons des hommes au cœur fort,
Et malgré le vent, les orages,
Nous saluerons les bleus rivages
Et nous reposerons au port!

VI.

A ÉLISE.

I.

O mes vingt ans si gais, mes beaux et chers vingt ans,
Vous êtes envolés, hélas! depuis longtemps.
Doux et purs souvenirs, enivrantes pensées,
Gaîté folle et bruyante, amour, souffle de Dieu,
Vous êtes tous partis et sans me dire adieu.
Aujourd'hui, plus de fleurs blanches et nuancées,
Plus d'échos dans les bois, plus de chansons dans l'air,
Plus rien qu'un dur sentier plein d'anguleuses pierres,
Et les rudes devoirs qui, tels que de vieux lierres,
S'enroulent à mon corps et meurtrissent ma chair...
O mes vingt ans si beaux, si chastes et si doux,
Jours où mon cœur aimait, las! où donc êtes-vous?

II.

Chaque été, dans nos prés tout blancs de marguerites,
            Nous courions tout joyeux.
Quoique enfant j'admirais tes deux mains si petites,
Ton pied dont l'un des miens aurait quasi fait deux.

Tu me faisais grimper sur toutes les collines
            Pour te cueillir des fleurs,
Et quand je revenais, mordu par les épines,
Tu payais mes bouquets de tes rires moqueurs.

Je n'ai pas oublié ce fameux nid de pie
            Au haut du peuplier...
J'allais prendre les œufs et la mère accroupie
Quand la branche cassa. Tu te mis à crier :

« Au secours ! ô mon Dieu ! » Puis, tu te mis à rire,
            Cher et bon petit cœur !
Je voulus me fâcher ; mais, enfant, que te dire ?
Tu riais en pleurant ; j'oubliai ma douleur.

Beaux songes envolés, jeunesse noble et pure,
    Qu'êtes-vous devenus?
Hélas! ne peux-tu pas, ô cruelle nature,
Nous rendre un peu des biens que nous avons perdus?

III.

Dans nos bois aux beaux clairs de lune,
Ta blanche main dans ma main brune,
Tes yeux charmants dans mes yeux noirs,
Nous courions sous les voûtes sombres;
Le cœur joyeux, le front sans ombres,
Nous parlions de tous nos espoirs.
Enfants tous deux de quinze années,
Nous jetions notre joie au vent,
Et nous nous endormions souvent
Sur les longues herbes fanées.

Quand l'aube répandait ses pleurs
Comme des rubis sur les fleurs,
Quand la fauvette aux ailes grises,
En s'éveillant sous le buisson,
Envoyait sa douce oraison
Au Seigneur, sur l'aile des brises,

Lorsque le soleil radieux
Épandait son riche incendie.
Ta voix, perle de mélodie,
S'élevait aussi vers les cieux.

Tu chantais toutes nos ivresses,
Nos extases et nos tendresses,
Et moi, je t'écoutais, rêveur;
En mon âme unie à ton âme,
Je sentais descendre une flamme,
Éclair d'ineffable bonheur!
Tout s'embellissait à ma vue,
Tout me semblait harmonieux,
Et je puisais en tes beaux yeux
Une douce ardeur inconnue.

L'amour, l'amour m'avait touché!
Je t'aimais toujours sans mélange;
Mais je cherchais tes ailes d'ange
A tes pieds, sur l'herbe couché.
Tu souriais insoucieuse
Et, ton regard baissé sur moi,
Tu me disais : « C'est toujours toi,
Ami, qui me rends si joyeuse.

Aimons-nous, et, pour être heureux,
N'ayons qu'un seul cœur à nous deux ! »

IV.

Si j'étais la mouche dorée
Qui va bourdonnant dans les airs,
Si j'étais la fleur diaprée
Ou la belle source éplorée
Qui coule entre les genêts verts ;

Si j'étais la vive hirondelle
Qui, redoutant nos longs hivers,
Traverse de sa petite aile
La mer immense et solennelle
Comme les arides déserts ;

Si j'étais la lampe qui fume
Sous le chaume du malheureux ;
Si j'étais l'ambre qu'on allume,
Ou bien la rose qui parfume
Les boucles de tes noirs cheveux ;

Si j'étais l'oiseau qui te chante
L'amour au milieu de ses bois;
Si j'étais, si j'étais, méchante,
La harpe, à la voix si touchante,
Que tu fais gémir sous tes doigts;

Si j'étais l'étoile qui brille,
Si j'étais l'ange en qui tu crois,
Si j'étais, belle jeune fille,
L'ombrage frais de ta charmille
Ou le miroir où tu te vois,

Alors je voudrais, folle mouche,
M'endormir sur ton front rêveur,
Baiser tout ce que ta main touche,
Et puis recueillir sur ta bouche
Un doux aveu venu du cœur;

Je voudrais, rose parfumée,
Sur ton sein briller, resplendir,
De ta pure lèvre embaumée
Recevoir, ô ma bien-aimée,
Un baiser, dussé-je en mourir;

Je voudrais, source jaillissante,
M'arrêter pour baigner tes pieds
Et de mon onde caressante
Enrouler, toute frémissante,
La roche où parfois tu t'assieds ;

Je voudrais, hirondelle active,
Ne pas m'éloigner de tes yeux.
Vivre avec toi, libre ou captive,
Et chasser toute ombre furtive
De ton front souvent soucieux ;

Je voudrais, lampe funéraire,
En te voyant, d'un gai rayon
Éclairer la chapelle austère
Où tu vas, triste et solitaire,
Prier avec dévotion ;

Je voudrais, harpe éolienne,
Ne moduler que ton doux nom,
Et de ma voix aérienne
Faire arriver à ta persienne
Une harmonieuse chanson ;

Je voudrais, caressant ombrage,
Te protéger à tout moment,
Envelopper ta blanche image,
T'abriter contre tout orage
Et te rafraîchir en dormant;

Je voudrais, ô ma belle Élise,
Si j'étais ton petit miroir,
Mieux qu'une glace de Venise
T'arrêter, confuse et surprise,
Par l'éclair de ton grand œil noir;

Mais je voudrais, si j'étais ange,
Enfant, t'offrir l'éternité,
Et ne recevoir en échange
Que ton cœur simple et sans mélange,
Ton cœur, urne de pureté!

Hélas! je ne suis qu'un poëte,
Qu'un chétif oiseau né chanteur,
Qu'un pauvre fou que rien n'arrête
Et dont la lyre est toujours prête
A résonner pour le malheur.

Enfant, je ne sais rien du monde,
J'ignore et ne crois qu'en nous deux.
Que m'importe le bruit de l'onde !
Que m'importe un peuple qui gronde !
Si tu m'aimes, je suis heureux.

Si tu m'aimes, ma destinée
N'aura que des jours de bonheur.
Si mon humble tête inclinée
Par tes deux bras est couronnée,
Que m'importe un laurier, mon cœur !

Endormons-nous, ayons des songes !
Ange, mets ta main sur mes yeux.
Mon délire, que tu prolonges,
Me berce d'enivrants mensonges...
Rêve !... en rêvant on touche aux cieux !

V.

Élise à sa fenêtre et le front dans sa main
 Regardait voler l'hirondelle :
« Pauvre oiseau, disait-elle, oh ! combien de chemin
 Tu fais avec ta petite aile !

Viens avec moi, descends, ta course ici finit;
　　Pour toi, je serai bonne et douce,
Tu pourras au balcon faire ton premier nid
　　De fin duvet, de fine mousse. »
L'hirondelle passa comme un rapide éclair.
　　Élise ferma sa fenêtre :
« Va! dit-elle en pleurant, sois heureuse dans l'air;
　　Mon amour te tuerait peut-être! »

VI.

APRÈS SON MARIAGE.

Assise au bord de l'eau, suivant sa rêverie,
Son pied charmant foulait l'herbe humide et fleurie,
　　Ses beaux yeux regardaient sans voir.
Elle laissait s'enfuir de son âme blessée
Tous les rayonnements de sa triste pensée,
　　Son jeune amour vide d'espoir!

Et le flot argenté, roulant avec mollesse,
Lui jetait en passant sa suave caresse,

Tous ses rubis remplis d'éclairs;
La brise s'arrêtait pour baiser son front d'ange
Et pour lui murmurer une musique étrange,
    Apprise en traversant les airs!

Et de l'autre côté les brunes moissonneuses,
A l'heure de midi se reposaient, heureuses,
    A l'ombre des épis dorés.
Leurs naïves chansons traversaient la rivière
Et venaient doucement se changer en prière
    Pour elle, pâle fleur des prés.

« Pourquoi toujours rêver, chère âme de notre âme,
Disaient ces douces voix; oubliez vos douleurs;
Venez rire avec nous, ô charitable dame,
Venez! vous avez froid sous ce vieux saule en pleurs!

« Venez, nous vous aimons, nous savons qui vous êtes,
Nous vous amuserons par nos chants, par nos fêtes,
    Venez! nous sécherons vos pleurs!
Vous avez bien souffert, vous si bonne et si douce,
Venez tout oublier sur nos tapis de mousse,
    Venez, venez cueillir nos fleurs!

« Vous verrez nos enfants qui vous feront sourire ;
Ils vous mettront au front leur candide baiser.
Venez rire avec nous. Là, toute peine expire !
Sur nos gerbes de blé venez vous reposer ! »

Mais elle n'entendit ni les voix des glaneuses,
Ni le bruit cadencé des ondes écumeuses,
        Ni le murmure du zéphyr.
Son regard se voila : la nuit allait descendre ;
Elle partit, hélas ! et sans laisser entendre
        Qu'un mot désespéré : « Mourir ! »

VII.

LA PAQUERETTE.

Petite fleur de la vallée,
Pâquerette tout étoilée,
        Brille au soleil !
Dans l'herbe, couleur d'émeraude,
Un beau scarabé tourne et rôde
Pour contempler ton front vermeil.

Petite fleur de la vallée,
Ta collerette dentelée
            A la fraîcheur
De la perlette de rosée
Qui tremblote, tout irisée,
Sur tout brin d'herbe ou toute fleur.

Petite fleur de la vallée,
Rayon d'espérance envolée,
            Je t'aime mieux
Que les superbes escarboucles
Qu'en ses cheveux, flottant en boucles,
La reine montre à tous les yeux.

Petite fleur de la vallée,
Beauté modeste, immaculée,
            Combien de fois
Ma pauvre Élise trépassée
Ne t'a-t-elle pas caressée
            Du bout des doigts?

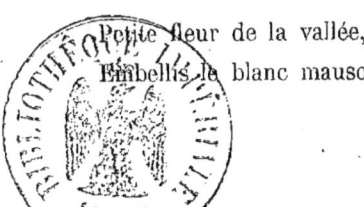

Petite fleur de la vallée,
Embellis le blanc mausolée

Où chaque jour,
Le front courbé, les yeux en larmes,
Je vais me rappeler les charmes
De celle qui fut mon amour.

VII.

FABLES.

I.

LE CHOU ET L'ŒILLET.

Un frais œillet, tout écarlate,
Embaumait l'air, au mois de mai.
Un chou frisé bien gros, bien laid,
Prenait des airs d'aristocrate
En regardant son compagnon :
« A quoi, lui dit-il, es-tu bon,
Pauvre brin d'herbe empanaché ?
— Moi, fit l'œillet, mon doux arome
A toute heure parfume, embaume
Toutes choses qui m'ont touché. »

Le chou fit entendre un gros rire,
Puis après il se mit à dire :
« J'admire ton utilité,
Mais conviens un peu, pauvre hère,
De ma supériorité.
Je suis l'ami de la fermière,
Qui me cultive avec amour,
Et, tandis que dans un seul jour
Tu vois s'effeuiller ta couronne,
Moi je grossis et l'on me donne
De doux regards, des soins charmants.
L'on me caresse à tous moments;
Car ma tête énorme, qui brille
Comme une émeraude au soleil,
Nourrira toute une famille...
Je suis un être sans pareil. »

Combien de gens en ce bas monde
Raisonneraient comme ce chou !
De tout objet où l'art abonde
Ils ne donneraient pas un sou.

II.

LE VIEILLARD ET LA FORTUNE.

Sur le bord d'un chemin un pauvre vieux perclus,
De fatigue et de faim, vraiment n'en pouvant plus,
S'était laissé tomber, n'espérant aucune aide
    Des hommes ni des dieux,
    Quand tout à coup une femme assez laide,
    Mais bien vêtue, apparut à ses yeux :
« Mon ami, lui dit-elle, espère, espère encore !
Je n'ai pas pu venir plus tôt, mais me voici...
Je t'apporte de l'or, tends les mains, prends ceci !
Allons, viens avec moi, car la faim te dévore !
Tu seras riche, heureux ! — Madame, grand merci,
Répondit le vieillard avec un froid sourire :
Vous arrivez trop tard, vos biens sont superflus.
Ce gazon est un lit où doucement j'expire...
    Je ne veux rien de plus. »

6.

Et, fermant les deux yeux devant l'humaine dame,
Il laissa de son corps s'exhaler sa pauvre âme.

Après dame Plutus
Nous courons ventre à terre,
Laissant, comme des fous, sur les chemins battus,
Vie, honneur et vertus,
Et, si nous l'atteignons, épuisés de misère,
Nous nous apercevons que nous ne vivons plus!

III.

LE BÉLIER ET LES BREBIS.

Un jour que le berger dormait avec son chien,
 Un philosophe, un voltairien,
 Vieux bélier aux cornes tordues,
Assembla ses brebis toutes fraîches tondues :
« Hélas ! mes tendres sœurs, dit-il à demi-voix,
Je souffre au fond du cœur alors que je vous vois
  Si maigres et si nues.
Cet homme qui dort là, couché dans son manteau,
S'engraisse et n'a souci nullement du troupeau.
  Si vous n'étiez tout ingénues,
Vous vous affranchiriez de son joug écrasant,
Et nous irions ensemble errer sur les collines,
Dans les prés et les bois, brouter les herbes fines
  Et le thym odorant.

Là, sous l'œil de Jupin, on vit dans la concorde ;
Pas de maître insolent dont l'affreux chien vous morde,
Pas de ciseaux non plus qui coupent nos·toisons
Et nous laissent tout nus dans les dures saisons.
     Venez, venez, ô mes compagnes,
     Paître les mousses des montagnes
     Et vous ébattre en liberté.
Le tyran dort, fuyons, fuyons de ce côté ! »

Les brebis follement suivirent en désordre
     Leur trop imprudent conseiller,
Et dans les bois bientôt entrèrent sans mot d'ordre
     En entourant le vieux bélier.
Mais leur ivresse fut de bien courte durée :
Un loup parut soudain, qui fit ample curée
     Du téméraire et sot troupeau ;
     Sa dent mordit dans chaque peau.

Cette fable est pour vous, pauvres brebis humaines :
Si l'avare berger tous les ans tond vos laines,
Pour vous en affranchir, en tout temps gardez-vous
     De la gueule des loups.

IV.

LA GOUTTE DE ROSÉE ET LE DIAMANT.

Un diamant au doigt d'une vieille marquise
      Toute grise,
Vit de loin resplendir sur une fraîche fleur
      Une goutte de rosée.
L'amour-propre irrité, soudain le grand seigneur
Lança tous ses dédains sur la perle irisée.
      Celle-ci, sans humeur,
      Lui dit : « Prince, mon frère,
Il faut me pardonner mon éclat éphémère ;
Je ne vis qu'un matin, vous, une éternité ;
      J'ai la beauté,
      Vous avez, vous, la dureté.
Le soleil me fait naître et mourir sur la rose ;
Emprisonné dans l'or, une vieille vous pose

A son doigt, à son front;
Je vois votre splendeur et n'en ai nul affront. »

Dans cette triste vie
Il faut être bien sot pour avoir de l'envie!

V.

LE SINGE ET LE ROI.

Un roi de... n'importe où, qui voyageait sans suite,
Aperçut dans un bois un singe gambadant.
Le monarque aussitôt se mit à sa poursuite;
    Mais l'animal, né fort prudent,
    En l'apercevant prit la fuite.
Il ne s'arrêta pas qu'il ne fût à l'abri
    Des coups de rifle ou d'arbalète.
Sous les branches, pourtant, il allongeait la tête
    En jetant son sauvage cri.
Le monarque, à pas lents et se cachant dans l'ombre,
Aborda son fuyard, qui l'attendait assis.
Il essuya son front (front de roi toujours sombre)
Et dit au singe, alors sans crainte, sans soucis :
    « Quoi ! poltron, tu fuis devant l'homme,

Le seul animal qu'on renomme
Pour sa douceur et sa bonté ! »
Le singe fit une grimace,
Le prince reprit avec grâce :
« Causons. Tu vis en liberté,
Tu vis content ? — Oui, Majesté.
— Vraiment ton sort me fait envie ;
Moi, j'use ma pénible vie
Sans agrément et sans bonheur.
Viens avec moi, beau gambadeur ;
De toi ma cour sera ravie. »
Le singe fit un pas ; puis, s'arrêtant tout court
« Quoi ! dit-il, vous m'offrez d'entrer en votre cour ?
Je le voudrais, seigneur ; mais... j'y crains les colères
Des autres singes, mes confrères. »

VI.

LA FAUVETTE ET LE PAPILLON.

La fauvette chantait au haut des buissons verts ;
Le papillon, tout fier de sa riche parure,
S'attribuant l'honneur d'aussi charmants concerts,
Fou d'orgueil, éperdu, voletait dans les airs.
Il s'enivrait de lui, la pauvre créature !
Or, envers l'humble oiseau, voulant être courtois,
  Il lui dit : « Gentille chanteuse,
J'admire vos chansons et votre pure voix
Si douce le matin, à l'ombre de vos bois ;
  Près de vous j'ai l'âme joyeuse ;
J'accepte votre encens offert à ma beauté.
Chantez, chantez toujours, reine de l'harmonie ! »
La fauvette, en riant, fit avec ironie :
  « Je suis heureuse, en vérité,
  D'avoir pu plaire à votre grâce,

Et d'autant plus que, déjà lasse
De jeter mes refrains dans les bois, dans l'espace,
Mes chants, que vous trouvez harmonieux et doux,
Seigneur, n'étaient pas dits pour vous! »

Ma foi! tout vaniteux, en ce monde damnable,
Peut chercher le sens de ma fable.

VII.

LA ROSE ET LE PAPILLON.

LE PAPILLON.

Rose aimée,
Si belle et si parfumée,
Accepte mon pur amour.
Près de ta tige embaumée
Tu me verras chaque jour;
Tu seras ma souveraine,
Douce reine,
Mon idole, mon trésor.
Prends mon cœur, ô jeune rose,
Car je n'ose
A tes pieds le mettre encor.

LA ROSE.

Quoi ! volage,
Faut-il qu'on vous encourage
A mentir effrontément ?
Portez ailleurs ce langage,
Je n'ai que faire d'amant.
Vous courez de belle en belle,
Et votre aile
Vole et luit sur chaque fleur.
Laissez-moi, je vous invite
A fuir vite,
Abominable menteur !

Mais la rose,
Innocente fleur éclose
Sous un amoureux rayon,
Reçut, sur sa gorge rose,
Les baisers du papillon.
Elle donna ses tendresses,
Ses caresses,
Tant, que le fat s'en lassa,
Et que, raillant ses alarmes,
Tout en larmes,
Il s'enfuit et la laissa !

VIII.

LE CAMÉLIA ET LA VIOLETTE.

Las d'avoir sur lui-même ennuyé son regard,
Un fier camélia, de la serre entr'ouverte,
   Vit par hasard
Resplendir au milieu d'une pelouse verte
La violette bleue, éclose du matin.
   Ce voisinage
Flatta fort peu l'orgueil du noble personnage.
Il mesura la fleur de son regard hautain,
Et lui tint, mot pour mot, ce superbe langage :
   « Herbe ou fleur
   Pauvre et nue,
   Ta couleur
  Me fatigue la vue.
   Va fleurir

Ou mourir
Inconnue
Au coin de quelque rue.
Sur l'honneur,
Ingénue,
Ma splendeur
Augmente ta laideur! »
L'étoile du printemps, la douce violette,
Répondit humblement, en inclinant la tête :
« Je vous accorde, ô monseigneur,
L'éclat, les rayons et la gloire ;
Rien ne me coûte de vous croire,
Je reconnais votre grandeur.
Dieu, qui fit le chêne et la mousse,
Vous fit superbe, il me fit douce ;
Il vous décerna la beauté,
Les belles feuilles d'émeraude ;
Il me donna l'humilité,
L'ignorance de toute fraude,
Vertus de mon obscurité!
Je vis modeste et solitaire,
Mais fière sur ma noble terre,
Où l'herbe sait me protéger ;
Je vis heureuse et fort à l'aise,
Sans redouter aucun danger ;
Je suis pauvre, mais bien française !

Seigneur, vous n'êtes qu'étranger.

Enfin, sur vous j'ai l'avantage,

Et vous ne le pouvez nier :

Je vis libre sous mon feuillage,

Vous, vous vivez en prisonnier. »

Le beau camélia, honteux et sans parole,

Jeta sur l'humble fleur un regard furieux.

Puis, dévoré d'ennuis, il devint soucieux ;

Son feuillage pâlit, et l'on vit sa corolle

Se faner, se ternir et tomber en deux jours.

Dans l'herbe notre étoile étincelait toujours !

LE SANTON.

Un pauvre et vieux santon, au front de parchemin,
Parcourait en rêvant son pénible chemin.
Entre ses doigts luisants il tournait un rosaire
    Et parlait à tous les passants
De sa haute vertu, de sa grande misère,
    Et de la pluie et du beau temps.
Il avait tout appris, il savait toutes choses :
Doux secrets des harems, noirs projets du divan;
A l'en croire, il n'était pour lui de portes closes;
    Son ami le vizir, son ami le sultan
Le consultaient souvent sur les choses publiques;
    Ils avaient foi dans ses reliques!
Il avait, le pauvre homme, un crédit sans pareil;
Il pouvait être riche et muphti comme un autre,

Avoir de beaux palais reluisant au soleil,
  Et commander, le bon apôtre!
Quelque riche province aussi bien qu'un pacha,
  Rien qu'en roulant sa patenôtre.
Un émir entendit le santon; il lui dit :
« Saint homme, un bon conseil : Use de ton crédit
    Pour remplir ta besace
    Et te faire un habit
Qui puisse au moins couvrir ta respectable crasse. »

Combien de pauvres fous, riches en leurs discours,
  Qui n'ont pas de pain tous les jours!

X.

LES CHERCHEURS D'OR.

— « Monsieur, j'ai voyagé longtemps en Amérique,
J'ai fouillé les *placers,* j'ai là des tonnes d'or.
Vous voyez ce lingot? eh bien! il est unique
    Et vaut à lui seul un trésor.

— « Monsieur, je suis resté dans ma ville natale,
J'ai fouillé les greniers des pauvres malheureux,
J'ai trouvé dans Paris, l'immense capitale,
    Bien des cœurs forts et généreux.

— « J'ai déjà deux châteaux, des bois et des prairies,
Un hôtel plus doré qu'un palais de sultan,

Des vins, de tous les crûs, et, dans mes écuries,
Vingt chevaux nés, je crois, au fond du Kurdistan.

— « J'ai déjà trois bons lits, avec leurs couvertures,
Pour y coucher l'aïeule et ses deux petits-fils,
Un gros tas de charbon pour vaincre les froidures
Et faire du soleil, l'hiver, dans les taudis.

— « J'ai fait, avec mon or, tout ce que l'on peut faire :
J'ai donné des dîners, des bals pleins de splendeur,
Et l'on m'a tant loué, tant flatté que j'espère,
Un de ces beaux matins, avoir la croix d'honneur.

— « J'ai fait avec cent francs une assez bonne affaire :
J'ai donné du travail à dix pauvres enfants,
Et chacun, m'a béni, de sorte que j'espère
Avoir un jour là-haut le bonheur que j'attends. »

XI.

LE FAKIR.

Au bord du Gange, accroupi sur le sable,
Un vieux fakir, très-saint, très-respectable,
Regardait couler l'eau sans faire un mouvement;
Son regard n'exprimait que l'abrutissement.
Les Bengalis, voyant leur saint en cette extase,
Croisaient leurs bras en passant devant lui
Et murmuraient quelque dévote phrase
D'une prière oubliée aujourd'hui.
L'un de ces gens, après trois révérences,
Vint, à genoux, se mettre auprès du saint :
« Puits de sagesse, étoile d'espérances,
Écoute-moi, dit-il, je vais mettre en ton sein
Un noir secret pour décharger mon âme :
Je suis maudit, car j'ai tué ma femme. »

Le vieux fakir répondit gravement :
« N'as-tu rien fait, mon fils, de plus abominable?
    — Non, dit l'époux, mais mon fait est damnable,
Et dans l'enfer j'irai certainement.
Pour m'éviter un éternel tourment,
Dois-je jeûner, faut-il que sur la terre,
Couvert d'un sac, repentant, solitaire,
Comme un serpent je me traîne en rampant?
    — Non, fit le saint, de l'éternelle flamme,
Pour te sauver, épouse une autre femme! »

XII.

LA ROSE ET LE HÉRISSON.

Une rose, un peu trop coquette,
Trônait au haut d'un frais buisson,
Fière d'avoir fait la conquête
D'un jeune et naïf hérisson.
Le pauvret, ébloui des appas de la belle,
N'osait lever les yeux;
L'amour avait troublé sa petite cervelle;
Il ne savait que dire, et pourtant, tout joyeux.
Il faisait mille efforts pour être gracieux.
Mais, d'un tel amoureux, la rose, bientôt lasse,
Lui fit la grâce
De l'accabler de ses rigueurs
Et de le transpercer de ses regards moqueurs.
L'innocent sut souffrir, et cela, sans mot dire.

Le temps vint le venger. La rose se fana.
Et le beau papillon qu'on avait vu reluire
Autour du vert buisson, un beau jour s'en alla.
Alors le hérisson vint et la consola.

Les femmes, trop souvent, aiment, comme la rose,
    Les beaux habits des papillons.
Pour elles, le mérite est toujours peu de chose
    Près des rubans et des galons.

XIII.

Un jeune enfant rêvait à l'ombre, dans un bois.
Une femme au front jaune, aux yeux roux, aux longs doigts,
Vint sur lui se pencher, et, d'une voix de morte :
« Mon enfant, lui dit-elle, écoute, je t'apporte
Un trésor précieux qui te pourra servir
Mieux que l'or et l'argent pour ton long avenir. »
L'enfant fixa sur elle un regard plein de trouble ;
Car il lui semblait voir que la femme était double.
« Je te fais peur, enfant, tu trembles devant moi,
Dit l'horrible inconnue ; apaise ton effroi.
Je suis venue ici pour t'enseigner la vie,
Pour te donner, mon fils, tout ce que l'homme envie.
Suis ma loi, tu seras riche, heureux, tout-puissant,
Le monde, sous tes pieds, rampera caressant,
Tu vivras de plaisir, de miel et d'ambroisie...
Veux-tu savoir mon nom ? Je suis l'Hypocrisie. »
L'enfant s'enfuit disant une sainte oraison,
    Qui le préserva du démon.

VIII.

POÉSIES DIVERSES.

1.

A M. EDMOND ARNOULD.

Connaissez-vous, mon cher, un petit coin de terre
Où croissent le jasmin, le myrte et le rosier,
Où coule un clair ruisseau dans un bois séculaire,
Où la linotte siffle un vieux air familier ?
Si vous le connaissez, indiquez-le-moi vite ;
J'y veux aller bâtir un nid pour cet été,
Et là, deux ou trois mois vivre en bon cénobite,
Avec mes souvenirs en douce intimité.
Vous aurez soin, mon cher, de ne dire à personne
Le désert où sera votre pauvre rêveur ;
Car il se pourrait bien qu'un flâneur monotone,

S'il savait où je suis, vînt me mettre en fureur
En me parlant journaux, politique ou théâtre.
Je crois, en vérité, que, malgré ma douceur,
Je serais, mon ami, capable de le battre.
Vous savez si je hais ces terribles bavards
Qui se font les échos de toutes les gazettes,
Ramassent chaque jour les contes les plus bêtes
Et se font un plaisir de vider devant vous
La hotte de chiffons qu'ils ont enfin emplie.
Ces gens-là sont affreux ; ce sont de méchants fous
Qui jettent le bon vin et n'offrent que la lie.
On a dit bien souvent, en prose et même en vers,
Que l'homme était le roi de ce vaste univers.
Ma foi ! mon cher ami, pour un si grand empire
Le monarque est chétif, et je crois fermement
Que si les animaux voulaient enfin nous dire
Leur pensée en ce point, nous verrions diablement
Baisser le piédestal où trônent nos mérites.
Plus que les loups des bois nous sommes nés goulus,
Et plus que les félins nous sommes hypocrites.
Nous savons habiller nos vices en vertus,
C'est là notre avantage...

                Aussi, je vous en prie,
Laissez-moi reposer trois mois sous les rameaux.
Alors que je croirai mon âme assez guérie,
Je reviendrai vers vous parler des gais oiseaux.

II.

PETIT OISEAU.

Petit oiseau du bon Dieu,
　En tout lieu
Te mène ta petite aile.
　Ton œil noir
　Chaque soir
Va se clore au nid fidèle.

Au matin, sur ton buisson,
　Ta chanson
Dit à l'homme : « Espère, espère !
　Ici-bas
　Il n'est pas
De peine qu'on ne tolère. »

Tu voles avec bonheur
        Sur la fleur
Qui t'ouvre son pur calice.
        Tu lui dis :
        « Rose ou lis,
Sois ma sœur et ma nourrice. »

Tu fredonnes ton amour
        Tout le jour,
Et, sous la verte feuillée,
        Une voix
        Dans le bois
Te répond, émerveillée.

Petit oiseau du bon Dieu,
        Ton col bleu
D'or et de pourpre étincelle ;
        Le plaisir
        Fait frémir
Chaque instant ta petite aile !

Par la brise caressé,
        Balancé,

Petit oiseau, chante, chante !
    Je ne sais
    Rien de frais
Comme ta voix si touchante.

Moque-toi de nos grandeurs,
    Des labeurs
Que nos bras doivent abattre ;
    Nous vivons
    Et n'avons
Que le temps de nous combattre.

Nous travaillons jour et nuit,
    Et l'ennui
Est l'hôte de nos demeures.
    Toi, mignon,
    Ta chanson
Ne s'éteint que quand tu meures.

III.

L'ALOUETTE.

Pour qui dis-tu, vive alouette,
Ta pure et douce chansonnette?
As-tu quelque amant dans les airs?
En te voyant, ma mignonnette,
Monter, monter vers les éclairs,
Je crois que, de tes chants si clairs,
Tu vas au ciel charmer les anges,
Leur raconter les bruits étranges
Qui se font partout ici-bas.
Combien ils doivent te sourire
En écoutant ta voix de lyre,
Ta voix que Crésus n'entend pas!

IV.

L'OISEAU-MOUCHE.

Il est si beau, si gracieux,
Qu'on doute qu'il soit sous les cieux
Plus ravissante créature.
Son front est d'or, son bec est noir,
Son cou charmant a la verdure
De l'émeraude la plus pure ;
Son aile reluit chaque soir
Comme, à travers la forêt brune,
Un harmonieux clair de lune,
Comme sur l'onde un follet bleu,
Comme l'étoile du bon Dieu !

Ses pieds sont des tresses de soie,
Son œil bleu de plaisir flamboie,

Alors qu'il peut, mon oiselet,
Sans crainte du réseau perfide,
Aller baiser la rose humide
Et s'endormir en son corset.
Ses petits cris, chant de clochette,
Disent aux fleurs tout son amour;
Il vole, il vole, et puis becquette
Les calices ouverts au jour.
Comme il est une fleur lui-même,
Une fleur de l'air et du ciel,
La rose, en un baiser suprême,
L'enivre d'amour et de miel.

Mon oiselet, crains pour ta plume!
Déjà, déjà descend la brume,
Le vent souffle dans les grands bois,
De l'orage on entend la voix.
Rentre en ton nid de mousse blanche,
Et de là, mon gai passereau,
Regarde choir les gouttes d'eau
En te balançant sur ta branche!

V.

LA MOUCHE.

À MADAME LA PRINCESSE A...

Savez-vous ce que la mouche
Dit chaque fois qu'elle touche
Votre robe de satin?
Elle dit : « Tout ce qui brille,
Oiseau, fleur ou jeune fille,
Perle humide du matin,
Rubans, plumes ou dentelle,
Émeraude ou diamant,
Malgré moi, ma petite aile
Touche tout légèrement.

« Je suis chétive et bien laide;
Je ne puis compter sur l'aide

8

D'aucun être, ô pauvreté !
Pourtant, mon Dieu ! je suis bonne ;
Je ne fais mal à personne
Et suis toute humilité.
Mais de partout l'on me chasse ;
L'enfant, au regard si doux,
Me voyant tremblante et lasse,
Sur moi se met en courroux.

« Allez ! on me calomnie !
Jamais je n'eus le génie
De faire le moindre mal.
Mon cœur est plein de tendresse,
Souvent même je caresse
L'homme, ce laid animal !
Laissez-moi, folle de joie,
Me regarder dans vos yeux,
Baiser vos boucles de soie
Avant de monter aux cieux.

« Là, personne ne méprise
Mon corps noir, mon aile grise ;
On caresse ma laideur.
Je puis, sur le front d'un ange,

Reposer ma forme étrange
Sans lui causer quelque peur.
Je brille dans la lumière,
Et puis, plus heureuse encor,
J'entends vibrer la prière
Aux cordes des harpes d'or. »

VI.

ESPÉRANCE.

Veux-tu savoir qui je suis,
Le but qu'ici je poursuis?
Je suis l'oiseau qui voltige
Tout le jour sur les buissons,
Et qui, du haut d'une tige,
Apprend l'amour aux garçons.
Je suis la vive fauvette,
Douce et bonne à tout venant.
Pour le vieillard et l'enfant
Ma gaîté toujours est prête.

Je suis encor le zéphyr,
Dont les ailes de saphir

Caressent les moissonneuses
Pendant les longs jours d'été.
Au front des jeunes glaneuses
J'épanouis la beauté.
C'est moi qui donne la mousse
Pour faire les nids d'oiseaux,
Et qui, le long des coteaux,
Dis à l'herbe : Pousse! pousse!

C'est encor moi qui, la nuit,
Humble insecte, veille et luit
Pour éclairer dans sa route
L'aventureux voyageur.
Ma lueur bannit le doute
Et met du courage au cœur.
Je puis être l'hirondelle,
Qui porte un doux souvenir,
Et qui, de sa vaillante aile,
Vole au loin vers l'avenir.

Je puis être, sous un charme,
Cet écho dont la voix charme
Tous les passants du chemin;
Je puis être aussi l'arome,

8.

Le parfum qui vous embaume
Sous la neige du jasmin.
Je puis prendre toutes formes,
Être, dans l'herbe, un ruisseau,
Ou bien un petit oiseau
Chantant sous l'ombre des ormes.

Veux-tu savoir qui je suis,
Le but qu'ici je poursuis?
Je suis la fée Espérance,
La vierge au front étoilé,
Qui guérit toute souffrance,
Qui rend tout cœur consolé.
C'est moi qui fais bénir Dieu
Aux quatre coins de la terre;
Car on me voit, en tout lieu,
Poser mon aile légère.

VII.

LES PERVENCHES.

« Mère, c'est aujourd'hui dimanche :
Adieu l'aiguille et le travail !
Je veux mettre ma robe blanche
Et mon beau collier de corail.
Je veux une fraîche pervenche
Pour en orner mes noirs cheveux ;
Cette fleur, qui tremble et se penche,
A la couleur de mes yeux bleus.

« Avec Aurore, ma compagne,
Nous allons courir dans les bois.

Cueillir le thym dans la montagne,
Et, joyeuses, mêler nos voix
Aux voix des gentilles mésanges.
Ces gais oiseaux, sur leurs buissons,
Pour Dieu, je crois, et ses beaux anges,
Disent leurs suaves chansons.

« Mère, ce soir à l'*assemblée*,
La joie au cœur et dans les yeux,
Je danserai comme une fée
Avec mes cinquante amoureux.
Pour effleurer ma robe blanche,
Pour toucher le bout de mon doigt,
Tous viendront, comme une avalanche,
Me réclamer ce qu'on leur doit.

« Pierre, qui m'appelle coquette,
Non pas sans raison, j'en conviens,
Tout le temps que dure une fête,
A toujours ses yeux sur les miens.
Il boude, il jure, il se lamente,
Il est toujours désespéré;
Mais sa colère est si charmante
Qu'il est, vois-tu, mon préféré. »

Ainsi parlait, dans sa chambrette,
Une pauvre enfant de seize ans.
Sa mère, auprès de sa couchette,
Pleurait son bouquet de printemps.
« Mère, pourquoi verser des larmes?
Je suis bien, le docteur l'a dit.
Demain, j'irai sous nos vieux charmes
Voir le beau soleil de midi. »

Le lendemain, jour triste et sombre,
Emporta la rieuse enfant.
Ses amoureux vinrent en nombre
Baiser son cercueil en pleurant.
Sous le gazon, bleu de pervenches,
On enterra la jeune fleur,
Et durant des mois, les dimanches,
Les bals n'eurent pas un danseur.

VIII.

L'ENFANT PLEURE.

La mère est morte et l'enfant pleure
Agenouillé sur son cercueil.
Le curé viendra tout à l'heure
Avec sa grande chape en deuil.
En enlevant la vieille femme,
Et pour le repos de son âme,
Il bredouillera du latin
Avec son pieux sacristain.

La mère est morte et l'enfant pleure,
Malgré la chanson du curé.

Il reste seul en sa demeure,
Voyant tout d'un œil égaré.
Pauvre petit, quelle misère!
Il a trois ans, et plus de mère!...
Jésus, père de l'orphelin,
Prends-le vite pour chérubin!

La mère est morte et l'enfant pleure!
« Qu'as-tu, petit? dit un passant.
Ta mère est morte; il faut qu'on meure!
Tu le sauras en vieillissant. »
« Tais-toi, pauvret, dit une fille,
Ta mère a laissé sa béquille;
Elle est allée en paradis,
Qui vaut bien mieux que son taudis. »

La mère est morte et l'enfant pleure!
« Qu'a donc ce gueux? dit un richard.
Sa mère est morte! à la bonne heure!
La folle adorait ce bâtard,
Et pour lui, plus que les mésanges
Et les moineaux, pillait nos granges!
Allons, tais-toi, prends ces deux sous,
Et tu viendras glaner chez nous!

Mais l'enfant, seul en sa demeure,
Mit sa tête sous l'oreiller.
Un vieux voisin, au bout d'une heure,
Le vit doucement sommeiller.
Ce paysan, au cœur de pierre,
S'émut en voyant sa misère :
Il lui parla, lui prit les bras,
Mais l'enfant ne répondit pas.

IX.

SOUVENIR.

A CL...

Enfant, je vous ai vue, et vous étiez charmante
Avec vos cheveux blonds où se jouait le vent,
Vos bras nus jusqu'au coude et votre front plus blanc
Qu'un doux reflet de lune en une onde dormante;

Vous étiez belle et douce, et je vous vois toujours
Courant sur un ânon au pas sûr et fidèle;
Vous jetiez des baisers aux fleurs, à l'hirondelle,
Aux enfants comme vous, espoirs de nos amours!

Vous étiez à cet âge où toute fleur est rose,
Où tout bruit est chanson, toute étoile un soleil.

9

J'aimais voir s'iriser votre bouche mi-close
D'un sourire innocent, rayonnant et vermeil.

Vous étiez à cet âge où toute larme est douce,
Où l'on pleure, où l'on rit sans trop savoir pourquoi;
Où l'on aime à dormir sur l'herbe, sur la mousse,
Pour rêver du gros loup qu'une fée a fait roi.

Vous n'êtes plus enfant, hélas! vous êtes femme!
Mais vos yeux sont toujours aussi doux, aussi bleus.
Vous n'avez point changé pour mon cœur, pour mon âme :
Moi seul, ô mon enfant, je suis devenu vieux!

X.

A MADAME ***.

Si nous étions dans la saison des roses,
  Je vous offrirais un bouquet
      Tout coquet,
  Qui vous dirait de douces choses;
Mais c'est l'hiver, et, sous ses blancs frimas,
  Les fleurs, hélas! ne parlent pas.

XI.

AU COIN DU FEU.

I.

Tous les printemps, de ma fenêtre,
Je te voyais, charmant lutin,
. Dans le jardin,
Aller, venir et disparaître.
Pour admirer tes blonds cheveux
Que le vent, comme un amoureux,
Ébouriffait avec folie,
J'oubliais Barthole et Cujas.
Hélas!
Vous étiez si jolie!

J'aurais peut-être, en moins t'aimant,
Pu devenir un vrai savant;

Tandis qu'aujourd'hui, chère belle,
    Mon pauvre esprit,
A toute science rebelle,
Ne peut comprendre le sanscrit.

J'ai des amis qui savent lire
Les hiéroglyphes de Luqsor;
J'en ai d'autres qui pourraient dire
Combien de dents avait Nestor.
Pour moi, je préfère une rose
A tout bouquin rongé des vers.
Tous les docteurs de l'univers,
Marphurius ou monsieur... Chose,
    Me font frémir,
Et leur latin me fait dormir!

Savoir aimer, c'est savoir vivre;
Se faire aimer, c'est le bonheur!
Je n'ai bien appris qu'un seul livre,
Et ce livre-là, c'est ton cœur.

II.

A TOI.

Si j'étais, ma bien-aimée,
Puissant comme un empereur,
Si j'avais cette fumée
Qu'on appelle Renommée,
Et dont vraiment j'aurais peur ;

Si j'avais une richesse
A ne la pouvoir compter,
Ni couronne de duchesse,
Ni parchemins de comtesse
Je ne voudrais t'acheter[1].

Tu n'aurais, dans mon village,
Qu'une modeste maison,
Un jardinet plein d'ombrage,

---

1. N'en déplaise à certaines vénérables douairières, il est encore des pays où ces choses-là s'achètent et même assez cher. Avant la régénération de l'Italie, plusieurs petits princes faisaient commerce de titres et de croix. L'ex-empereur Soulouque voulut faire comte ou duc un de mes amis qui avait offert à Sa Majesté une tabatière à musique.

Une vigne au gai feuillage
Où chanterait le pinson.

Dans ta paisible demeure,
Chaste comme un nid d'oiseau,
Le petit pauvre, à toute heure,
Aurait toujours, quand il pleure,
Un sourire et des gâteaux.

Tu serais plus que baronne :
Tout le monde t'aimerait.
On dirait : « Elle est si bonne !
Voyez, toujours elle donne ! »
Et ton ami sourirait.

Nos anges, foulant les herbes,
Bondiraient à tes côtés,
Puis, dans leurs élans superbes,
Ils viendraient t'offrir en gerbes
Leurs bouquets tout maltraités.

Tu ploierais sous leur caresse

Comme un arbuste léger,
Et dans ta pure allégresse
Tu crierais, pleine d'ivresse :
« Ami, viens donc partager ! »

...Mais je n'ai d'autre richesse
Que celle qu'ont tous les gueux :
Un petit grain de sagesse,
Pour toi, ma rude tendresse...
C'est bien peu pour être heureux !

III.

A ALFRED.

Où vas-tu, cher enfant, charmante tête blonde,
　　Chérubin aux yeux bleus?
Tes petits pieds, mon cœur, par les fanges du monde,
　　Courent insoucieux.

Tu vas, comme un oiseau, toucher tout ce qui brille :
　　Les fruits verts, les fleurs d'or.
Curieux, tu voudrais, vers l'astre qui scintille,
　　Élever ton essor.

Va! cours! ignore! Enfant, l'ignorance est un gage
    D'innocence et de foi.
Goûte tous les plaisirs, en attendant l'orage
    Qui tonne au loin pour toi.

Nous eûmes, nous aussi, notre aube pure et blanche,
    Nos rêves, nos bonheurs;
Mais le destin sur nous fit fondre une avalanche
    De mordantes douleurs.

Reste toujours enfant : à ton âge, la vie
    Est un songe charmant.
Pour nous, c'est, ô mon ange! une lutte infinie,
    Un horrible tourment!

IV.

A MARIE.

Ma fille, quand tu dors de ton pur sommeil d'ange,
    Tremblant, vers ton berceau
Je m'incline et murmure une prière étrange
    Pour toi, fleur sans mélange,
Fleur des champs qui viendras briller sur mon tombeau!

Je prie et je demande à Dieu pour ton enfance
  Des jours tout lumineux,
Des songes tout vermeils, des songes d'espérance,
  Et que, lis d'innocence,
Je ne voie, ô trésor, jamais pleurer tes yeux !

Je demande au bon Dieu, ma fille bien-aimée,
  De répandre en ton cœur
La réelle vertu, rose plus parfumée
  Que l'encens d'Idumée,
Et de mettre à ton front son signe protecteur.

Je lui demande aussi d'éclairer ta jeune âme
  Par l'austère raison,
Et d'éteindre en ton cœur, lorsque tu seras femme,
  Toute trop vive flamme
Capable de porter le deuil dans ta maison.

Tu n'as pas deux printemps, ta lumineuse aurore
  Vers moi n'a pas monté;
Tu souris sur le sein de celle qui t'adore,
  Et tu ne sais encore
Bégayer son doux nom que mon cœur t'a chanté.

Tu n'es qu'un frais bouton. Et moi, dont la folie
      Me rend tout inquiet,
Je tremble en te voyant si rose et si jolie,
      Et la mélancolie
Incline malgré moi mon front sur ton chevet.

Tu dors, ô ma mignonne! A Dieu ton cœur s'élève;
      Tu sembles être aux cieux
Et rire à l'ange blond qui prolonge ton rêve.
      Et qui pour toi soulève
Un coin du voile où sont ses frères radieux.

Va! ne t'éveille pas, ma colombe, repose!
      Je veille sur ton nid;
Je t'admire à mon aise, et, tout heureux, je n'ose
      Effleurer ton front rose
D'un paternel baiser, en ton sommeil béni.

V.

A MARGUERITE.

Marguerite, ô ma Marguerite,
Fleur des champs que chacun évite
A cause de ta pauvreté,
J'aime ton humilité douce;
Et si le méchant te repousse,
Moi, j'admire ta pureté.

Marguerite, ô ma Marguerite,
Dieu voulut te faire petite
Pour échapper aux yeux jaloux.
Mais sous ta blanche gorgerette
Il fit naître, ô ma Mignonnette,
L'innocence au rayon si doux.

Marguerite, ô ma Marguerite,
Sois toujours ma fleur favorite,

Brille toujours en mon chemin;
Et si l'aile de la tempête
Quelque jour fait courber ma tête,
Sois mon espoir du lendemain !

VI.

A HÉLÈNE.

Vous êtes mon amour, ma gaieté, mon sourire;
Vos lèvres ont toujours quelque chose à me dire.
Les soucis, les chagrins, les tourments de mon cœur
S'envolent près de vous, ô ma petite fée,
Car en voyant vos yeux toujours pleins de bonheur,
Toute douleur est étouffée !

VII.

A ÉVA.

Quand vous vîntes au monde, il faisait du soleil,
Les roses du jardin levaient leur front vermeil,

Et dans les églantiers la petite fauvette
Disait, en votre honneur, sa douce chansonnette.
Le curé vint vous voir et vous parla latin.
Moi, je m'étais levé pour vous de grand matin,
Et j'avais aux voisins dit la bonne nouvelle :
« C'est une fille, amis, elle est grosse, elle est belle ;
On dit, j'en suis confus, qu'elle est mon vrai portrait :
Elle a mon nez, mes yeux, elle est moi trait pour trait. »
C'est ainsi que, tout fier, tout glorieux, madame,
Gaiement je faisais voir le bonheur de mon âme.
Vous, pendant ce temps-là, vous faisiez les cent coups
Et mettiez la maison tout sens dessus-dessous.
Aujourd'hui, vous avez de beaux petits bras roses,
De grands yeux qui voudraient comprendre toutes choses,
Quatre superbes dents et le plus joli cou...
Et tout le monde dit que de vous je suis fou.

VIII.

A RODOLPHE.

Pourquoi donc, ô cher ange, as-tu pris ta volée
Et laissé pour jamais la maison désolée ?

Nous trouvions le bonheur en tes grands yeux d'azur,
Ton souris rayonnait dans notre ciel obscur,
Et tes petites mains, prodigues de caresses,
Versaient en notre cœur de suaves ivresses.
Pour toi, nous caressions les rêves les plus doux,
Et tes divins baisers nous rendaient tous jaloux.
Pourquoi donc, ô Rodolphe, as-tu fui notre terre
Sans y laisser pour nous qu'une douleur amère?
Ton nid, ton nid d'amour, ô cher ange envolé,
De regards caressants était toujours voilé;
Nos voix te murmuraient toujours de douces choses,
Et, pour charmer tes yeux, nous attendions les roses.
Hélas! Dieu fut jaloux de nos charmants bonheurs!
En songe il te montra ses étoiles, ses fleurs,
Ses chérubins nimbés des rayons de l'aurore,
Son grand ciel lumineux où tout être l'adore,
Et quand tu vis, mon Dieu! le paradis ouvert,
Cher enfant, tu franchis notre horizon couvert.

Sois béni, sois heureux avec les petits anges,
Et demande pour nous, demeurés sur nos fanges,
Un prompt et sûr appel au pays du bonheur :
Garde-nous notre place auprès de toi, cher cœur!

IX.

LA PAUVRE MÈRE.

Quand je vois rayonner le pur et beau sourire
      D'un enfant,
Je sens couler mes pleurs, et mon cœur se déchire
      A l'instant.

Je me sens toute en deuil et songe à mon bel ange
      Envolé.
Mon beau ciel d'autrefois, hélas! comme tout change!
      S'est voilé.

Oh! si vous l'aviez vu courir sur les pelouses,
      Chaque été,
Vous eussiez admiré, jeunes mères jalouses,
      Sa beauté.

Ses petits pieds avaient la pureté du marbre,
      Et sa voix

Désolait le pinson, l'écoutant sur son arbre,
      Bien des fois.

Son regard était bleu, bleu comme l'empyrée;
      Sa douceur
Versait à tout moment, dans mon âme éplorée,
      Du bonheur.

Ses baisers exhalaient comme un parfum de roses,
      Cher bijou!
J'étais belle, vraiment, quand j'avais ses mains roses
      Sur mon cou.

Hélas! il est parti sans attendre sa mère,
      O douleur!
Et, depuis son départ, je sens sa lourde pierre
      Sur mon cœur.

Qu'avais-je fait à Dieu pour que, dans sa colère,
      Il le prît?
Mon enfant lui disait sa naïve prière,
      Tout petit.

Manquait-il donc, hélas! de chérubins et d'anges
　　　　Dans son ciel,
Pour joindre mon enfant à ses saintes phalanges,
　　　　Le cruel!

Enfin, il me l'a pris, et, toute désolée,
　　　　Maintenant
Il ne me reste rien que le froid mausolée
　　　　D'à présent!

Je ne puis plus pleurer, je n'ai plus de prières
　　　　Ni de foi...
O vous qui conservez vos fils, heureuses mères,
　　　　Plaignez-moi!

XII.

L'HIVER.

A UNE JEUNE FEMME.

L'hiver, c'est la saison de toutes les douleurs,
C'est le temps dur où Dieu nous dérobe sa face,
Où le pauvre, en ses os, sent un frisson qui passe,
Où les petits enfants versent le plus de pleurs;
L'hiver, c'est le vieillard au cœur impitoyable,
Qui marchande à la faim un morceau de pain bis,
Qui souffle sous le seuil la tempête effroyable
Et vient mettre aux carreaux son affreux regard gris;
L'hiver aux malheureux enlève l'espérance,
Et leur compte six mois de deuil et de souffrance.

Pour être bien jolie au bal, il faut, Lucy,
Aller tous les matins visiter les mansardes,

Donner au pauvre enfant que le froid a transi,

     Du pain, du feu, de chaudes hardes.

Le sourire de ceux que l'on a consolés,

Sur votre front vous fait une blanche auréole;

On a dans les cheveux des rayons étoilés,

     Et chaque amant de vous raffole :

     La véritable charité,

Mieux que les diamants couronne la beauté.

XIII.

REGRETS.

Qu'ils soient bénis, ces beaux jours de misère,
Où nous avions ce que nous n'avons plus :
Folle jeunesse, étoile printanière,
Vous valez mieux que tout l'or de Crésus!

Dans nos taudis, tout tapissés d'aurore,
Nous respirions la pure fleur de mai;
En notre cœur un Dieu venait d'éclore,
Pour nos regards, tout était doux et gai!

Nous naviguions, sans jamais jeter l'ancre,
Dans les flots bleus des premières amours :

Le vieil habit que rajeunissait l'encre,
Sur nos vingt ans resplendissait toujours.

Nos grands chagrins duraient quatre minutes,
Les fleurs des champs nous couvraient de splendeurs,
Un mot du cœur éteignait nos disputes,
Un beau baiser séchait nos yeux en pleurs.

Au mendiant nous donnions notre obole,
Aux passereaux nous jetions notre pain ;
Brise ou chanson, tout nous était symbole,
Pour aujourd'hui, nous oubliions demain !

Le verre en main, nous réformions le monde.
Que de tyrans nous avons culbutés !
Gais écoliers, notre jeune faconde
Vengeait toujours les peuples attristés.

Les Polonais avaient nos sympathies,
Nous estimions les épiques Hongrois ;
Nous nous fichions pas mal des dynasties,
La liberté nous dégoûtait des rois.

... Jeunesse, amour, gaîté, douces folies,
Le temps, hélas! le temps a tout fauché.
De nos vingt ans les roses sont pâlies,
L'astre d'amour pour jamais s'est couché.

Et maintenant, nous remuons la cendre
Du bel oiseau que nous avons brûlé.
Vers le jeune âge il nous faut redescendre
Pour retrouver le bonheur envolé!

XIV.

LE MOIS DE MAI

Quand mai couvre de fleurs les robustes pommiers,
Quand au bois l'on entend soupirer les ramiers,
Plus d'une jeune fille, innocente et crédule,
Écoute la chanson que son cœur lui module.
C'est la chanson d'amour, la divine chanson
Que chante aussi l'oiseau caché dans le buisson.

La nature au printemps est toute sémillante,
On aime à contempler sa beauté souriante;
L'eau, la terre, les bois sont pleins de gais rayons
L'herbe, pleine de fleurs et de beaux papillons,
Recouvre les coteaux, les vallons, les prairies,
Et l'œil humain jouit de toutes ces féeries.

Vive le mois de mai! C'est le mois des muguets,
Le mois où loups et gens sont plus doux et plus gais!

XV.

IL PLEUT!

Il pleut! et le soleil, qui dorait ma fenêtre,
Vient de se dérober à mes yeux tristement.
La mouche, qui chauffait son aile en s'endormant,
Dans les plis des rideaux a cessé de paraître.

Mon rosier sur le sol penche ses fleurs humides,
    Mes oiseaux ont cessé leurs chants,
Mon pauvre chien soupire, et ses regards timides
    Me disent des mots bien touchants.

« Pourquoi cette tristesse et cette plainte amère ?
Chaque jour se ressemble et compte sa douleur... »
— C'est vrai ; mais, voyez-vous, quand il pleut sur la terre,
Je sens pleuvoir aussi dans un coin de mon cœur.

XVI

LE SOLEIL LUIT.

Le soleil luit! Vraiment, il a tort de paraître.
Ses rayons font jaunir mon lis d'hier planté;
Il me brûle les yeux, fermons-lui ma fenêtre.
Sa pourpre fait souffrir ma fière pauvreté.

Chante, imbécile oiseau, chante à travers ta grille,
        Ton soleil, au regard de feu!
Cours noircir ton teint blanc, ô folle jeune fille,
        Cela, ma foi! m'importe peu.

Le soleil enveloppe et le mont et la plaine.
On ne peut respirer sous son orbe brûlant...
« Contre cet astre, ami, pourquoi donc tant de haine?
— Parce qu'il fait le jour et qu'il luit, l'insolent! »

XVII.

LE MENDIANT.

Un pauvre mendiant, vieillard à barbe grise,
Se tenait à genoux, au parvis d'une église,
Implorant les passants qui ne l'entendaient pas,
Ou qui, s'ils l'entendaient, s'éloignaient à grands pas.
« Hélas! dit le vieillard, à quoi bon faire entendre
Cette vieille chanson qui les attriste tous?
Ne les ennuyons plus, prions, et taisons-nous.
La mort viendra bientôt, soyons gai pour l'attendre!
Ces enfants sont heureux, ils n'ont pas mauvais cœur...
Laissons-les croire à tout, à l'amour, au bonheur...
Taisons-leur mes vieux maux, ils connaîtront trop vite
Que la vie est ainsi, que nul être n'évite

    Ce qui lui revient de douleur. »

XVIII.

A MON AMI, M. CHINTREUIL.

Mon ami, vous avez ce noble et pur talent
Qui, dans l'antiquité, faisait, aux jours de fêtes,
Prendre en mains le théorbe aux glorieux poëtes...
Vous êtes un artiste aimable et consolant.
La nature vous aime, et, comme une amoureuse
Qui ne veut rien cacher à des regards amis,
Elle lève pour vous sa robe vaporeuse
Et montre les trésors qu'elle vous a promis.
Vos tableaux rendent tout : bruits de brise ou d'insecte ;
On entend y chanter l'amour au gai bouvreuil ;
On y sent les parfums de la fleur qui s'humecte
De la pure rosée, éblouissante à l'œil ;
On suit, dans vos tableaux, de douces rêveries,
On s'oublierait parfois jusqu'à croire y marcher :

On se sent entraîner à travers vos prairies,
Et le rêve est si doux, qu'on aime à le chercher.
Vous êtes un artiste égaré en ce monde,
Votre talent vous vient du fond de votre cœur ;
Vous voyez Dieu partout, dans l'oiseau, dans la fleur,
Votre petit sentier n'a jamais rien d'immonde.
Vous êtes un croyant, vous avez la ferveur
De ces vieux chevaliers, qui, mus par une idée,
Se marquaient d'une croix et couraient en Judée
Pour aller conquérir le tombeau du Sauveur.
Vous êtes simplement un homme de sagesse,
Un homme de vertu... Mais je vous sais un tort
(Il est grave en ce siècle où tout talent se presse),
Et ce tort, mon ami, c'est de n'être pas mort.

Mourez ! des brocanteurs, des banquiers juifs, des comtes,
De vrais marquis viendront, les poches pleines d'or,
Se battre à votre porte et débiter cent contes
Pour prouver aux badauds qu'ils ont donné l'essor
A votre beau talent. Mourez ! les imbéciles,
Les jaloux impuissants claqueront leurs mains viles,
Et, d'une voix de cuivre, aboyeront votre nom.
Mourez ! mourez ! mon cher, ne fût-ce que pour rire !
Le tombeau vous fera des rentes, du renom,
Et vous vous moquerez de ce qu'on pourra dire.

10.

Ah! j'ai beau vouloir rire et railler la sottise,
C'est une autorité terrible en ce temps-ci.
C'est elle qui régente, elle qui tyrannise
Tout ce qui veut fleurir quelques instants ici.
La sottise, Chintreuil, vous pouvez bien m'en croire,
Est une majesté qui dispense la gloire.
Elle a place partout, à la ville, à la cour,
Elle fait son profit de toutes découvertes;
Elle a de beaux hôtels, des prés pleins d'herbes vertes,
Des bois où les pinsons chansonnent tout le jour.
Il faut la reconnaître et lui dire : « Excellence! »
Et lui faire toujours un peu la révérence.
A ces conditions on a des protecteurs,
On est illustre, on peut, selon sa fantaisie,
Dormir sur l'édredon comme un pacha d'Asie,
Ou bien aller bâiller avec des sénateurs.

XIX.

L'ÉGLISE DE VILLAGE.

J'aime l'église de village
Avec son modeste clocher,
Son coq déplumé par l'orage,
Son toit de chaume et de feuillage
Où les oiseaux viennent nicher.

Elle est pauvre; nulle sculpture
N'embellit ses pesants piliers;
Mais l'été, la douce nature
Couvre de fleurs et de verdure
La rampe de ses escaliers.

Sa cloche, en deux endroits fêlée,
Sonne les *angelus* du soir,
Et sa voix, toute désolée,
Arrive à la ferme isolée
Où l'on se signe avec espoir.

Le pâtre, assis sur la colline,
Compte les coups de son bourdon,
Puis, sous le buisson d'aubépine,
Il dit à la Mère divine,
Il dit sa naïve oraison.

Son humble autel est sans dorure,
Quelques bouquets cueillis aux champs
Composent toute sa parure.
Jamais un orgue n'y murmure
La prière en accords touchants.

Sa pauvre lampe, suspendue
Par un bout de chanvre noirci,
Fait courir sa flamme, éperdue,
Et projette dans l'étendue
Un rayon par l'ombre adouci.

Va, pauvre église de village,
Sois fière de ta nudité!
Plus d'un chrétien, courbé par l'âge,
A su relever son courage
Sous ta paisible obscurité.

Les orgueilleuses cathédrales
Ont des parvis de marbre blanc,
De beaux escaliers en spirales,
De riches dalles sépulcrales;
Toi, tu n'as qu'un autel tremblant!

Mais cet autel, où toujours brille
L'offrande du pauvre pêcheur,
N'est défendu par nulle grille :
En liberté la jeune fille
Peut toujours y poser son cœur.

J'aime l'église de village
Avec son modeste clocher,
Son coq déplumé par l'orage,
Son toit de chaume et de feuillage
Où les oiseaux viennent nicher.

XX.

DANS LE CIMETIÈRE DE BOVES.

Pauvre rose si penchée,
Déjà la terre est jonchée
Des pétales de tes sœurs.
Sur cette tombe de pierre,
Pauvre rose solitaire,
Tu pâlis et tu te meurs.

Seule au fond de la vallée,
O ma belle désolée,
Tu brilles ton dernier jour.
Le soleil qui t'a fait naître
Va te laisser disparaître
Sans t'avoir donné l'amour.

Peut-être, hélas! d'une fête,
Voudrais-tu, rose coquette,
Épuiser la volupté,
Sentir, sur un sein d'albâtre,
Palpiter, frémir et battre
Un cœur d'amour agité?

Peut-être, fleur de mon âme,
Au front d'une belle dame
Voudrais-tu t'épanouir,
Te pencher à son oreille,
Et de sa lèvre vermeille
Un aveu tout bas ouïr?

Ta tristesse me désole.
Que ma pitié te console!
Je t'arrache à ton tombeau
Et t'emporte en ma demeure :
Là, tu trôneras une heure
Entre Dante et Mirabeau.

XXI.

A MADEMOISELLE E... F...

Savez-vous pourquoi tout est sombre
Dans la vie, aux jours noyés d'ombre?
Savez-vous pourquoi toute fleur
Boit sa larme en son pur calice?
Pourquoi tout être a son supplice?
Pourquoi toute âme a sa douleur?

C'est que la vie est ainsi faite
Qu'il n'est si magnanime tête
Qui ne s'affaisse sous le sort;
C'est qu'ici-bas tout n'est qu'épreuve,
Et qu'il faut que l'homme s'abreuve
De larmes pour gagner le port!

XXII.

A UN ENFANT.

As-tu, chaque nuit d'été,
    Écouté
Les hymnes de la fauvette?
Ou bien entendu, des champs,
    Les doux chants
Qu'élève à Dieu l'alouette?
Ou dans les grands bois frémir
    Un soupir
De la harpe éolienne?
Ou bien, durant les moissons,
    Des chansons
Dont ton âme se souvienne?

11

As-tu, sur l'herbe étendu,
    Entendu
Le bruit que font les cigales,
Et le baiser de candeur
    Que la fleur
Donne aux brises matinales?
Tous ces bruits et tous ces chants
    Ravissants
Sont les voix de la nature,
Glorifiant jusqu'au ciel
    L'Éternel
Qui t'aime, enfant, sans mesure.

XXIII.

Qu'ils étaient doux, les soirs d'hiver,
Quand, le cœur limpide et plein d'aise,
Nous regardions sur la falaise
Blanchir au loin le sapin vert!

Ou quand l'aïeule, au coin de l'âtre,
Tout en brodant je ne sais quoi,
Nous racontait, vive et folâtre,
Ses contes de fée ou de roi.

Près d'elle assise, notre mère
Nous souriait de ses beaux yeux.

Sur son front, toujours anxieux,
Passait une joie éphémère.

Elle instruisait nos jeunes cœurs
Par ses leçons toutes divines,
Et sa main, nous jetant des fleurs,
En avait ôté les épines.

Toujours douce, indulgente et bonne,
Elle s'amusait avec nous,
Et, tour à tour, sur ses genoux,
Nous portait comme une madone.

Nous étions bons, nous aimions Dieu
Dont on nous parlait sans mensonges;
Nous ne connaissions d'autres lieux
Que notre foyer plein de songes.

Nos jours s'écoulaient purement
A l'ombre saint de la famille.
Sur le sable de la charmille,
Oh! comme nous courions gaîment!

Ils sont, passés, ces jours sans ombres,
Hélas! pour ne plus revenir!
Aujourd'hui, de nos regards sombres
Nous sondons le morne avenir.

XXIV.

SOLITUDE.

J'aime la solitude
A l'ombre frais des bois ;
Là, nulle inquiétude,
On n'entend d'habitude
Que de chantantes voix.

Le chêne séculaire
Est plein de doux accords ;
Sa cime tutélaire
Ombrage la fougère
Où, joyeux, je m'endors.

La source me réveille
En chantant à mes pieds,
Et sa voix sans pareille
Murmure à mon oreille
Le long des verts sentiers.

La solitude est douce,
Est douce dans les bois;
Là, rien ne vous repousse,
On rêve sur la mousse
Au bon temps d'autrefois.

On élabore un songe
Éclatant, lumineux,
Et, grâce au gai mensonge
Qu'à loisir on prolonge,
On peut se croire heureux.

L'esprit bat la campagne
A l'ombre des rameaux;
Pour soi, pour sa compagne
On bâtit en Espagne
De superbes châteaux.

On a, dans sa tourelle,
Les portraits des aïeux,
Les billets d'une belle,
Souriante et fidèle,
Qui vous mouillent les yeux.

On a, pour l'infortune,
Beaucoup d'or à donner.
Aucun bruit n'importune...
Parfois une main brune
Vient à vos pieds glaner.

C'est la fille du garde,
Du garde du canton.
Son levrier la garde,
Et, quand on la regarde,
Il grogne, le Caton !

J'aime la solitude
A l'ombre frais des bois ;
Là, nulle inquiétude,
On n'entend d'habitude
Que de chantantes voix !

XXV.

Lorsque sur la rose
Un beau papillon
Voltige et se pose,
Et, d'un baiser, ose
Effleurer son front,
La belle amoureuse
Ouvre son corset,
Et, toute peureuse,
L'attire en secret.
Ainsi, la fillette,
Tout en disant : Non !
Retient, en cachette,
Plus d'une amourette
Après son jupon !

XXVI.

Quand le soleil dore
Les coteaux moussus,
Que l'onde sonore,
Comme une mandore,
Dit son chant confus;
Lorsque les vallées,
Aux courts horizons,
De fleurs étoilées
Se sont constellées
Dans les verts gazons;
Quand, dans les nuits blondes,
En routes profondes,
Des milliers de mondes
Gravitent vers Dieu;
Lorsque la fauvette
Salue, au matin,

De sa chansonnette,
Tendrement follette,
Un astre lointain,
Toujours, à toute heure,
Le jour ou la nuit,
Qu'il fredonne ou pleure,
Qu'il naisse ou qu'il meure,
L'homme fait du bruit;
Toujours sa voix grêle
Éclate dans l'air;
Toujours sa cervelle
Chaque instant martelle
Quelque idée en fer!

XXVII.

ÉCRIT SUR UN GROS LIVRE.

Nous vivons dans un temps d'amertume et de doute ;
Chacun marche à tâtons dans son étroite route ;
    Les dieux se sont voilés,
Et l'homme, en son orgueil, s'est fait de sa science
Une religion, un culte, une croyance,
    D'autres cieux étoilés.

Il a tout mesuré, tout pesé : ciel et terre !
Il a, sous son nuage, attaqué tout mystère,
    Il a tout ausculté ;
Il a tout fait, défait, refait, contrefait même ;
Par le feu, par le fer, il traita le problème
    De la divinité.

Mais ce problème échappe à son intelligence,
Il ne se résout pas par l'humaine science,
   Dieu le cache avec soin,
Et, comme au flot hautain qui menace la nue,
Il lui dit, l'arrêtant, haletante et vaincue :
  « Tu n'iras pas plus loin ! »

XXVIII.

ÉCRIT SUR UN EXEMPLAIRE DU *FAUST*.

O Gœthe, fort Teuton, j'aime tes vers sonores[1];
J'aime les fiers portraits que parfois tu colores
    Avec ton pinceau noir.
Ton génie est terrible, il amène le doute;
On sent, en te lisant, s'écouler goutte à goutte,
Comme une onde du cœur, ce qu'on avait d'espoir.

Tu déchires la vie en ses plus belles heures,
Ton vers de plomb fondu crie à l'homme effrayé :
« Vide gaîment ta coupe en tes belles demeures,

---

1. On prononce *Gueuté,* en allemand.

Enivre-toi de vin ; bientôt vaincu, broyé,
Mais encor chancelant, il faudra que tu meures ! »

O Gœthe, fort vieillard, ta rude poésie
Porte un terrible coup à toute hypocrisie !...
      On souffre en te lisant,
On souffre, mais on sent bouillonner en ses veines
Une virile ardeur ; l'esprit brise ses chaînes ;
On t'aime, ô fort poëte, on t'aime en vieillissant !

XXIX.

ÉCRIT SUR UN BOILEAU.

En rabotant, Boileau, les vers de ton lutrin,
Combien as-tu sué sur chaque alexandrin?
Combien as-tu rompu, brisé, tordu de limes,
En voulant trop polir tes satires... sublimes?
Si tu vivais, Boileau, Boileau, si tu vivais,
Tu me dirais : « Rimeur, tes vers sont bien mauvais! »
Et tu n'aurais pas tort, ô mon illustre maître!
Moi, je te répondrais, avec humeur peut-être :
« Ma foi! je n'ai jamais pu raboter mes vers;
Ils sortent de ma plume ou droits ou de travers,
Et je les abandonne au vent qui les dévore
Comme ces bulles d'air que le soleil colore. »

XXX.

A UN CÉLÈBRE ASTRONOME.

Et qu'importe au rocher la vague qui le mouille !
Qu'importe au fier géant le nain qui passe et souille
    Le pan de son manteau !
Rien ne peut détourner l'esprit fort de son œuvre ;
L'envieux peut siffler ainsi qu'une couleuvre,
Il ne détruira pas ce qu'on fit grand et beau.

Philosophes, penseurs, grands hommes, purs génies,
Ne vous emportez pas contre les calomnies
    Des Zoïles du temps ;
Marchez dans votre voie et versez sur les mondes
Vos oracles puissants, vos paroles fécondes,
Qui font luire un soleil aux yeux des ignorants !

XXXI.

Tout chante, tout sourit par toi, sainte nature,
    L'onde, les oiseaux et les fleurs.
L'homme seul, harassé, brisé sous ses douleurs,
Ose te reprocher, l'infime créature,
    Son désespoir et ses malheurs.

L'homme seul se refuse à courber son front morne
    En face de ta majesté.
Que t'importe! il n'a, lui, rien que sa vanité,
Qu'un obscur horizon qu'un doute amer lui borne :
    Toi, n'as-tu pas l'éternité?

XXXII.

À UNE JEUNE AMÉRICAINE.

Savez-vous, mon enfant, ce qui vaut, en ce monde,
Mieux que l'or dont, dit-on, votre Amérique abonde,
    Mieux que tous les bijoux,
Mieux que tous les palais de marbre ou de porphyre,
Mieux que tous les colliers que parfois l'on admire
    Avec un œil jaloux?

Savez-vous ce qui vaut mieux que titre et couronne,
Ce qui ne s'use pas, ce qui toujours rayonne,
    Ce qui n'est jamais vieux,
Ce qui toujours sourit, ce qui de tout console,
Ce qui de vous jamais, mon enfant, ne s'isole,
    Ne détourne les yeux?

Savez-vous ce qui vaut, dans le siècle où nous sommes,
Plus que tous les honneurs, plus que l'amour des hommes,
        Presque autant que le ciel?
Eh bien, c'est, mon enfant, c'est l'amour d'une mère,
Amour de dévoûment qui n'est pas éphémère :
        Amour le seul réel!

XXXIII.

A MARY GREY.

J'aime les bleus vitraux des vieilles cathédrales,
Les doux soupirs de l'orgue endormant les bedeaux ;
J'aime les lettres d'or des dalles sépulcrales
Et les cierges fumant sur d'énormes flambeaux ;
J'aime l'orfraie assise aux pieds d'un saint de pierre,
La lune qui sourit et plane dans les cieux ;

     Mais, ô Mary ! j'aime encor mieux
      Ton petit pied et tes grands yeux.

J'aime les chants d'oiseaux dans les forêts ombreuses,
Et les fleurs secouant les perles de la nuit ;
J'aime la mer roulant ses vagues moutonneuses,
Et le brick élégant que l'orage poursuit ;
J'aime les gais couplets et le vieux vin qui dore

Ma coupe de cristal aux bords délicieux ;
J'aime le vent du soir, et, ma foi! j'aime encore,
     O mon enfant, j'aime encor mieux
     Tes blonds bandeaux fins et soyeux.

J'aime les fiers dragons galopant dans les plaines,
Les drapeaux mutilés au front des légions ;
J'aime la barbe grise aux braves capitaines,
J'aime la vivandière, amour des bataillons ;
J'aime les gros canons tonnant à la frontière,
La chanson des conscrits défilant deux à deux,
Et le bruit entraînant de la fanfare altière ;
     Mais, ô Mary! j'aime encor mieux
     Ton sourire malicieux.

J'aime le bon pasteur qui, du haut de la chaire,
Laisse tomber l'espoir en tout cœur abattu :
Saint homme, il ne connaît ni parti, ni bannière,
Il ne maudit jamais, tant il a de vertu ;
J'aime la noble sœur qui, dans l'épidémie,
Se montre au moribond comme un ange des cieux ;
De tous les malheureux elle est toujours l'amie,
     Et, pour cela, je l'aime mieux,
     Oui, mieux, Mary, que tes beaux yeux!

XXXIV.

A MONSIEUR H***.

Si j'étais roi... de n'importe où,
Je voudrais, quand vient votre fête,
Mettre un ruban à votre cou,
Avec n'importe quelle bête.
Mais je n'ai, j'en suis désolé,
Ni croix d'or, ni rubans, ni plaque;
Mon Louvre n'est qu'une baraque
Dont le diable a toujours la clé.

Aimez le vin, aimez les roses,
Rappelez-vous les douces choses
Qu'on disait dans un autre temps;
Moquez-vous de la politique,
Drogue à vous donner la colique,
Et vous vivrez jusqu'à cent ans.

XXXV.

EN TRAVERSANT LA RUE...

Que fais-tu, pauvre fille, au coin de cette rue,
  Les yeux remplis d'effroi?
Pourquoi, pendant l'hiver, tiens-tu ta gorge nue,
  En frissonnant de froid?

Ah! c'est que, pauvre enfant, en ta rude détresse,
  Pour apaiser ta faim
Tu cherches un *monsieur* qui, pour une caresse,
  Te donnera du pain.

Sur ton grabat impur, haletante, épuisee,
  Tu ris de ton néant,
Et tu ne songes pas que, ta jeunesse usée,
  Tu n'auras plus d'amant.

Dans les fêtes de nuit, au milieu de l'orgie
        Où tu vends un baiser,
Jamais, contre la peur, ta lourde léthargie
        N'a donc pu se briser?

O pauvre folle! un jour, laide, vieillie et nue,
        Au seuil d'un Hôtel-Dieu
Tu viendras exhaler ta plainte méconnue,
        Et mourir sans adieu.

Dans ton pauvre linceul, aucune larme amie
        N'arrosera ton front,
Et sur ta tombe, hélas! pâle amour endormie,
        On lira ton affront.

Oh! si tu connaissais toute ta destinée,
        Enfant, tu frémirais,
Et brisant tes liens, pauvre rose fanée,
        Tu te délivrerais!

XXXVI.

QUAND LES PETITS DEVIENNENT
GRANDS...

« Si j'étais roi, disait un jour
Un pâtre qui passait pour sage,
Je voudrais avoir en ma cour
L'ami que j'aimais au village.
Je n'en ferais point un seigneur
Couvert de rubans, de dentelle;
Il aurait pour *place* mon cœur :
Ce serait pour lui la plus belle. »

« Si j'étais reine quelque jour,
Disait une jeune bergère,

Je garderais mon pur amour
Au beau berger qui m'a su plaire.
On m'appellerait Majesté ;
Il porterait une couronne.
Et je voudrais, dans ma bonté,
Qu'il pût parfois dire : « J'ordonne ! »

« Si j'étais pape quelque jour,
Disait un jeune et pauvre prêtre,
Sur la borne d'un carrefour
J'aurais mon trône, et là, peut-être,
Je pourrais, plein d'humilité,
Conquérir à Dieu des fidèles,
Et, du feu de ma charité,
Éclairer les esprits rebelles. »

Le pâtre un jour fut proclamé
Roi d'un vaste et puissant empire,
Mais l'ami qu'il avait aimé,
Il se hâta de le proscrire.
La bergère put échanger
Un sceptre contre sa houlette ;
Elle fit mourir son berger,
Puis se para pour une fête.

Enfin, du prêtre vint le tour,
Il fut nommé pape au conclave.
Il oublia le carrefour,
Méprisa le pauvre et l'esclave,
Et, dans un palanquin porté,
Il fit un sermon pitoyable
Pour prouver que Sa Sainteté
Croyait bien moins à Dieu qu'au diable.

Quand les petits deviennent grands,
Hâtez-vous de les méconnaître;
Ils n'ont plus d'amis, de parents,
L'orgueil seul les subjugue en maître;
Dans leur infâme vanité
Ils auraient honte de leur mère,
De l'ami dont la pauvreté
Viendrait rappeler leur misère.

XXXVII.

LA VIE.

La vie est une plate et sotte comédie
Où tout être est auteur, où tout être étudie
　　Quelque rôle ici-bas.
Le hasard à chacun marque une étroite place :
Il fait le roi, la cour, il fait la populace,
　　Les moines, les soldats.

Quand chacun est paré pour le rôle qu'il joue,
Le prince de *crachats,* le chiffonnier de boue,
　　Tous se veulent souffler.
La pièce marche alors : c'est un bruit effroyable,
Une cacophonie, un chaos pitoyable;
　　Mais... qui pourrait siffler?

12.

IX.

CHANSONS.

I.

LA SERVANTE DU CURÉ.

Ursule à sa tante Brigitte
Disait un soir, en tricotant :
« Mon curé n'est qu'un hypocrite,
Il a fait pacte avec Satan.
Si je te contais son histoire,
Jamais tu ne la pourrais croire :
Il m'a, l'autre jour, assuré
Qu'il était un vaillant apôtre,

Et que, s'il était tonsuré,
Il n'en valait pas moins qu'un autre.
   Ma tante, un *Ave*
   Pour ce réprouvé!

« Il n'est, vraiment, et j'en ai honte,
De plus mauvais prêtre que lui;
Ma tante, il faut que je te conte
Le sermon qu'il fit aujourd'hui :
Il a, pérorant dans la chaire,
Devant le maire et le notaire,
Loué des gens de Dieu maudits;
Sans aucun respect pour saint Pierre,
Il a promis le paradis
A Ninon, qu'on disait sorcière.
   Ma tante, un *Ave*
   Pour ce réprouvé!

« Pour lui, tout homme n'est qu'un frère,
Qu'il soit juif ou mahométan,
Qu'il invoque dans sa prière
Jésus, Mahomet ou Satan.
Aux pauvres, jamais il n'ordonne
Qu'ils se confessent pour qu'il donne,

Il prétend qu'il faut assister
Tout voyageur, fût-ce le diable...
Quant à moi, j'ai beau protester,
Je dois toujours servir à table.

    Ma tante, un *Ave*
    Pour ce réprouvé!

« Il a dans sa chambre une épée,
Un grand sabre sur un coussin,
Un buste qu'il nomme... Pompée,
Et qui n'est pas celui d'un saint.
Il garde... et cela, presque nue,
Une femme en marbre, inconnue,
Qu'il appelle la Liberté...
Ce beau nom-là, quoi qu'il en dise,
Me semble être une impiété
Près du lit d'un homme d'église.

    Ma tante, un *Ave*
    Pour ce réprouvé!

« Enfin, ma tante, l'hérétique
Osa soutenir, l'autre soir,
Que le diable était catholique
Autant qu'un jésuite était noir;

Il entonna la *Marseillaise,*
Il me tourmenta sur ma chaise
En me tenant de sots propos,
Et, se moquant de ma colère,
Il dit en riant : « Les bigots
Font l'amour comme nous, ma chère ! »
  Ma tante, un *Ave*
  Pour ce réprouvé ! »

« A ton curé, répond la tante,
Si chacun ressemblait un peu,
Tous les humains, l'âme contente,
En riant s'en iraient à Dieu.
On ne verrait plus, sur la terre,
Tant de haine et tant de misère...
Le riche au pauvre prêterait,
Et dans nos cœurs une espérance,
Comme un doux baume, endormirait
Nos chagrins et notre souffrance !
  Disons un *Ave*
  Pour ton réprouvé ! »

II

CHANSON

De Béranger, le barde populaire,
Les faux dévots dénigrent le talent ;
Mais le poëte, en voyant leur colère,
Sourit aux cieux comme un oiseau chantant.
Leur grand bon Dieu, qui toujours nous menace
En patronnant de vilains saints cornus,
Pour ses bourreaux n'eût pas demandé grâce ⎞
Comme le fit en expirant Jésus. ⎠ *bis.*

Tous les Josephs de la *sainte Gazette*
Aux Putiphars laisseraient leurs manteaux ;

Mais on sait bien qu'ils aiment, en cachette,
Mettre leur paille à tous les bons tonneaux.
Si l'on croyait. Souillot, l'ardent lévite,
L'amour serait un horrible péché :
Il faudrait boire un baquet d'eau bénite
Pour un bras nu que l'on aurait touché.

} *bis.*

Ce sacristain, qui veut passer pour. ange,
Crucifierait la raison et l'esprit.
Il a traîné nos héros dans sa fange
Et maculé tout noble et pur écrit.
Au nom d'un Dieu qu'il fait toujours colère,
Il couvrirait de sang l'humanité :
La patrie est pour lui le séminaire,
Et le veau d'or est sa divinité.

} *bis.*

Si l'on croyait aux farces ridicules
Qu'il fait jouer sur d'ignobles tréteaux,
Tous les curés seraient de vrais hercules
Faits pour mener les peuples en troupeaux.
Les malheureux, courbés sous leur misère,
N'auraient le droit que de se confesser :
De leurs sueurs ils tremperaient la terre
Pour des bedeaux qui les viendraient rosser.

} *bis.*

Non, Béranger n'a point cette maxime :
Il faut souffrir pour mériter le ciel.
« Aimez, dit-il, le pauvre qu'on opprime,
Secourez-le, voilà l'essentiel ! »
Et le vrai Dieu, qui n'est pas un jésuite,
Bénit d'en haut son poëte inspiré.
Pour nous, laissons les Souillot et leur suite ⎱ bis.
Brailler aux niais leurs longs *miserere !* ⎰

III.

LE BOIS DE ROBINSON.

Dans les bois de Robinson
    Un pinson
Gazouillait un gai ramage.
Je vous traduis sa chanson
En plus vulgaire langage :

« Le bon Dieu du Paradis
    Fit jadis
Un pommier chargé de pommes,
Et ce sont ces fruits maudits
Qui perdirent tous les hommes.

« La jeune Ève, à belles dents,
    Fort longtemps
Mordit les pommes divines,
Et notre grand-père Adams
S'en pourléchait les babines.

« Nous qui sommes leurs neveux,
    Tout comme eux
Nous croquons encor la pomme.
Ce fruit-là nous rend heureux,
Roturier ou gentilhomme.

« Je suis un oiseau du bois,
    Dont la voix
Dit toujours de douces choses.
Je sais chanter en patois
L'amour, le ciel et les roses. »

IV

LE PACHA AMOUREUX.

Grecque aux yeux noirs, amoureuse Aspasie,
    Dis tes chansons,
Dis-les toujours; sous ce doux ciel d'Asie,
Ton front charmant n'a que de purs rayons.
Moi, riche, et toi qui n'as rien, pauvre esclave,
    Que ta beauté,
Je serais fier de porter ton entrave
Et de t'ouvrir mon ciel de volupté.

Pour tes cheveux qu'orne une fleur sauvage,
    Divine enfant,
Je donnerais tout l'or qu'en ce village
J'ai su voler au raïa mécréant;
Je donnerais les fous qui me font rire
    Pour tes beaux yeux,

Mes narguillés que l'infidèle admire,
Et mes chibouks aux tuyaux précieux;

Je donnerais, pour ta bouche mignonne,
    Mes belles eaux,
Mes verts bosquets où la lune rayonne,
Et mes écrins tout remplis de joyaux;
Je donnerais, pour ton beau col d'albâtre,
    O ma beauté,
Mon fier donjon que l'Océan vient battre
Et puis mouiller de son flot argenté;

Mais pour ton sein que la brise caresse
    A tout moment,
Je donnerais ma pompe, ma richesse,
Biens dont parfois tu rêves en dormant;
Je donnerais, pour tes mains si fluettes,
    O mes amours!
Mon yatagan qui fendit mille têtes,
Et puis encor mon palais aux sept tours;

Fille du ciel, pour ta jambe si ronde,
    A deux genoux

Je t'offrirais... tous les biens de ce monde,
Mon pachalick dont beaucoup sont jaloux;
Je répandrais à tes pieds, ô mon ange!
        Honneurs, trésor,
Et tu pourrais, ô faveur plus étrange,
Couper aussi ma barbe aux reflets d'or!

SCANDERBEG.

PERSONNAGES :

SCANDERBEG, roi d'Albanie.

IRÉNÉ, nièce de l'empereur Constantin Paléologue, dit Dragases.

MAHOMET II, sultan des Turcs.

ACHMÉ, sultane.

ALI, aga des janissaires.

ALI, le grand-vizir.

AHMED-PACHA

LE MUPHTI.

MYRSAS,
BEDLYSIS, } voïvodes.

CARAMAN-OGLI, prince de Caramanie.

OMAR-BEY,
HASSAN-BEY, } officiers des janissaires.

YOUSSOUF,
IBRAHIM,
ORKAN,
FERHAD, } icoglans.

LE BOSTANGI-BACHI.

UN EUNUQUE.

JANISSAIRES, SPAHIS, BOSTANGIS, ICOGLANS,
MOLLAHS, EFFENDIS, BEYS, ÉMIRS, PACHAS,
GRECS DE CONSTANTINOPLE.

(Constantinople, mai 1453.)

SCANDERBEG.

ACTE PREMIER.

Un carrefour à Constantinople. Il est nuit. Un fanal est posé
sur un poteau, à droite.

SCÈNE PREMIÈRE.

ALI, le grand-vizir, et AHMED-PACHA entrent ensemble.

AHMED.

Enfin, nous y voilà! Tous ces chiens de chrétiens
Ont remis en nos mains leurs armes et leurs biens.
L'étendard du Prophète est sur Sainte-Sophie,
Narguant de l'Occident tous les rois qu'il défie.

13.

Nos soldats, enivrés d'un triomphe si beau,
Conduisent de captifs un immense troupeau,
Et leurs cris d'allégresse, éclatant sans entraves,
Font chorus aux sanglots de nos jeunes esclaves.

ALI.

Ces détails, brave Ahmed, me sont déjà connus;
J'ai vu, tout comme toi, s'enfuir les Grecs vaincus.

AHMED.

Je voulais seulement...

ALI.

                    Ami, peux-tu me dire
Ce que fait le sultan?

AHMED.

                    Ce qu'il fait? Il s'admire!
Entouré des spahis qu'il flatte imprudemment,
Il aime à faire voir à tous le conquérant.
Nous l'avons vu passer, entraînant à sa suite
La morne populace entièrement réduite.
Ces Grecs, jadis si fiers, imploraient leur vainqueur
Et faisaient mille efforts pour émouvoir son cœur.
Soins perdus!... Mahomet, dédaignant leurs caresses,
Ordonnait, en bâillant, qu'au haut des forteresses,
De leur affreux supplice on dressât l'appareil.

ALI, à part.

Il est impitoyable!

AHMED.

Au coucher du soleil,
Sur tous les points saillants des roches escarpées,
On pouvait bien compter mille têtes coupées.

ALI.

N'a-t-il point fait chercher le corps de Constantin ?

AHMED.

On le dit; cependant, le fait n'est pas certain.

ALI.

Tout chrétien qu'il était, on doit à sa mémoire
D'honorer son malheur, pour notre propre histoire.
Le sultan Mahomet ne peut, sans déshonneur,
Refuser une tombe à ce pauvre empereur.

AHMED.

Je connais Mahomet, je sais comme il pratique,
Et, sinon par pitié, du moins par politique,
Il montrera des pleurs étrangers à ses yeux,
Priera pour sa victime, invoquera les cieux,
Et fera voir à tous comment il s'évertue
Pour rendre un digne hommage au grand homme qu'il tue.
Déjà, dans le palais dont il s'est emparé,
Un splendide tombeau, par ses soins préparé,
Attend de Constantin les misérables restes;
Et quarante icoglans, vêtus de sombres vestes,
Gardent le cénotaphe, où deux prêtres chrétiens
Récitent en pleurant leurs *oremus* païens.

On dit même... et ce bruit est assez vraisemblable,
Que le sultan, épris d'un amour indomptable,
Est allé rendre hommage à la jeune Iréné,
Fille ou nièce, je crois, du prince infortuné.

ALI.

La princesse Iréné, cette fleur du Bosphore,
Liée à Constantin?... Quoi! Mahomet l'adore?
Il serait vrai?... Tu crois être bien informé?...
Mais, s'il en est ainsi, que dira son Achmé?...

AHMED.

Elle fera grand bruit, la pauvre favorite,
Et ne se taira point qu'on ne la décapite.
Elle est femme à donner le plus rude travail
A quiconque voudrait la chasser du sérail...

(On entend au loin les cris des soldats.)

ALI.

Ahmed, voici qu'on vient. Retournons près du maître,
Et voyons!...

(A part.)

Son amour peut me sauver, peut-être!

(Il sort avec le pacha.)

SCÈNE II.

ALI-AGA, HASSAN-BEY, OMAR-BEY, JANISSAIRES.

UN JANISSAIRE.

Périssent les spahis et leur lâche Agassi[1],
Et le vizir Azem, et le sultan aussi!
Que cette cité croule, et l'empire avec elle,
Plutôt que de nous voir ainsi mis en tutelle!

UN AUTRE.

Oui, meure le sultan!

UN AUTRE.

Qu'il tombe sous nos coups!

UN AUTRE.

Marchons sur le palais!

UN AUTRE.

Mes amis, vengeons-nous!

UN AUTRE.

Mahomet est un lâche!

UN AUTRE.

Un souverain vulgaire,
Indigne de marcher avec un janissaire.

---

1. Voir les Notes, à la fin du volume.

ALI-AGA.

Soldats de l'islamisme, et non de Mahomet,
Défenseurs du drapeau que le Prophète aimait,
Soyez des hommes forts, bravez les injustices
Qu'un trop jeune sultan fait à vos cicatrices;
Vengez-vous noblement, en gardant les États
Que sut lui conquérir la valeur de vos bras.
Les spahis, qu'il honore, ont droit à ses largesses;
Ils ont, tout comme vous, gravi les forteresses,
Combattu corps à corps, tenu leurs étendards,
Sûrement, vaillamment, aux créneaux des remparts.
Ne les jalousez point, apaisez vos colères :
Les spahis ont bien fait, enfants, ils sont vos frères!

HASSAN-BEY.

Nous les estimons tant, ces valeureux guerriers,
Que nous voulons, seigneur, partager leurs lauriers.

OMAR-BEY.

Ces soldats tant vantés, sont-ils si nécessaires
Qu'on doive, pour leur plaire, honnir les janissaires?

ALI-AGA.

On ne vous honnit point.

OMAR-BEY.

       C'est une indignité!
Notre corps méritait d'être moins maltraité.

UN JANISSAIRE.

Oui, malheur aux spahis! malheur à qui les aime!

UN AUTRE.

Malheur à Mahomet !

ALI-AGA.

Eh ! malheur à toi-même !
Vous tous, écoutez-moi : vous êtes bien pressés
De perdre votre force en discours insensés...
Mais vous ne savez pas, en vos haineux délires,
Trouver de ces moyens qui font choir les empires ;
Vous n'avez que des cris, et tous vos aboiements
Ne sauraient mettre un terme à vos rudes tourments.

HASSAN-BEY.

Que faire, alors ? Parlez !

ALI-AGA.

D'abord, il faut vous taire,
Puis marcher dans la nuit, armés du cimeterre...
Il faut vers le sérail guider vos compagnons,
Et les y ranger tous en épais bataillons...
Janissaires, songez que vous êtes en force
Et qu'il vous faut montrer, puisque l'on vous y force.
Vous savez le chemin qui conduit au divan...
Moi, je vous ferai voir ce que c'est qu'un sultan.

UN JANISSAIRE.

Vive Ali, notre aga !

UN AUTRE.

Vive Ali, notre père !

UN AUTRE.

Vive Ali, ce héros que tout brave révère!

ALI-AGA.

Silence, mes enfants! silence, mes soldats!
Rentrez paisiblement au fond de vos odas[2]
Jusqu'au jour de justice. Allez, vous pouvez croire
Que Mahomet paiera votre belle victoire!

(Les soldats s'éloignent.)

SCÈNE III.

ALI-AGA, HASSAN-BEY, OMAR-BEY.

ALI-AGA.

Enfin, je puis parler et vous dire à tous deux ·
Ce qui bouillonne au fond de mon cœur chaleureux.
Depuis déjà deux jours que cette ville est prise,
Pour voir notre sultan il n'est point d'entreprise,
De ruse, de projets que mon front n'ait conçus:
J'ai flatté l'Hassekis[3], elle ne règne plus.
J'ai cherché le vizir, Mahomet s'en défie,
Et l'accuse en secret de haute félonie.
Je suis allé vingt fois trouver le grand muphti,
Le vieux kaïmacan, le reïs-effendi[4],

Le capitan-pacha, deux émirs, un kalife,
Le sélictar-aga, même le porte-griffe :
Ils m'ont tous déclaré que le Très-Grand Seigneur
Avait, pour notre corps, épuisé sa faveur...
Omar, Hassan, vous deux, l'honneur des janissaires,
Vous qui, pour la vaillance, êtes sans adversaires,
Vous que j'ai vus courir, défiant le trépas,
Sans cuirasse, joyeux, dans plus de vingt combats,
Vous enfin les soutiens d'un ingrat qui nous brave,
Il est temps de montrer *à ce fils de l'esclave* [5]
Que, pour anéantir son immense pouvoir,
Nous n'avons tous les trois, amis, qu'à le vouloir.
Vous êtes jeunes, vous; mais moi, dans les batailles,
Je me suis tant usé sous mes cottes de mailles,
J'ai tant battu les mers, j'ai tant couru les camps,
Qu'aujourd'hui mes cheveux sont devenus tout blancs.
Mais, si faible est mon bras, robuste est mon courage,
Et je vous ferai voir que le cœur n'a point d'âge.
J'ai servi Mahomet, l'aïeul de celui-ci,
Et son père Amurat, qui fut un homme, aussi;
J'ai tenu tête aux scheiks, aux émirs de Syrie,
Aux chevaliers de Rhode, aux forbans d'Étrurie;
J'ai fait pendant trente ans la guerre aux hospodars,
Sur plus de vingt cités j'ai mis nos étendards;
J'ai vaincu Ladislas, souverain de Hongrie,
Et son brave Huniade, et dans la Bulgarie

J'ai porté la terreur. Aujourd'hui, mes guerriers,
Je suis vieux, Mahomet insulte à mes lauriers.
Oh! si j'ai devant vous rappelé mes conquêtes,
Si je vous ai montré, mes fils, ce que vous êtes,
C'est afin que vos cœurs, épris d'un mâle orgueil,
Dédaignent de trembler en face d'un cercueil.
Que nous importe, à nous, la mort ou l'esclavage!
Nous devons nous venger, puisque l'on nous outrage...
Mahomet est puissant; mais ne pouvons-nous pas,
D'un trône mal gardé, dites, le mettre à bas?

HASSAN-BEY.

Noble Ali, j'aime en vous ce ferme et franc langage,
Mais il n'est pas besoin d'irriter mon courage.
Ordonnez le combat, vous me verrez marcher,
Et, sans craindre la mort, fièrement la chercher.

OMAR-BEY.

A vos ordres, Ali, vous me verrez fidèle.
Commandez-nous!

ALI-AGA.

(Il fait signe à Omar de s'approcher, et à demi-voix il lui dit :)

Omar, une main criminelle
A fait ta mère veuve et t'a fait orphelin...
Othman fut étranglé...

OMAR-BEY.

Mon père!... Et l'assassin?..
Oh! dites-moi son nom, il faut que je le tue!

ALI-AGA.

Son nom ne se dit pas au milieu d'une rue.

OMAR-BEY.

Dans un palais, peut-être?...

ALI-AGA.

    Omar, mon fils, tais-toi!
Le jour de la vengeance approche.

(Il prend les jeunes gens par la main.)

    Suivez-moi!

HASSAN-BEY.

Qu'il arrive ce jour, et mon fin cimeterre .
Aux féaux du sultan fera baiser la terre!

ALI-AGA.

Mes fils, venez m'aider à formuler le plan
Qui seul peut relever l'honneur mahométan.

(Ils s'éloignent tous les trois embrassés.)

SCÈNE IV.

SCANDERBEG.

(Il entre et va éteindre le fanal qui brûle à droite.)

Voici donc, Mahomet, ta plus belle conquête!
Ton orgueil est comblé, tu peux lever la tête

Et dire aux nations qui tressaillent d'effroi :
« Courbez-vous dans la poudre et reconnaissez-moi ! »
Gloire à toi, Mahomet, ta victoire est féconde :
Un État te gênait, tu l'as rayé du monde !
Honneur à toi, sultan, le croissant a proscrit
Les débiles soldats combattant pour le Christ !
Constantin, ton rival, fut un prince sans gloire,
Il n'a su que mourir en voyant ta victoire...
Honneur à toi toujours ! tes superbes aïeux
Près de toi sont des nains, ô sultan glorieux !
Tous les princes chrétiens de France, d'Allemagne,
Philippe-Auguste, Othon, Sigismond, Charlemagne,
Ces héros dont les noms se disaient à genoux,
Illustre Grand-Seigneur, tu les dépasses tous.
Ton auréole insulte aux plus puissants monarques,
Qui se font tout petits lorsque tu les remarques...
Courage ! Fais valoir tes despotiques droits...
On connaît ta valeur, tes éclatants exploits.
Honneur enfin, sultan, honneur à ta Hautesse !
Jusqu'au jour, il approche, où ma main vengeresse
Brisera d'un seul coup ton empire naissant
Et se montrera rouge aux soldats du croissant !

                                        (Une pause.)

Mais toi, grand Constantin, à ton heure dernière
As-tu senti passer en ton âme guerrière
Cet horrible frisson de l'âpre désespoir ?

As-tu maudit le ciel en perdant le pouvoir?
Oh! ta douleur dut être affreuse, déchirante,
Quand tu vis tes sujets fuir avec épouvante
Devant des ennemis qu'ils ne pouvaient compter [6].

(Rêveur.)

Le trône, Constantin, n'est point à regretter.
J'en connais les dangers... j'ai vu plus d'un orage
Frapper le souverain dormant sous son ombrage.
Que sont le diadème et le sceptre, ici-bas,
Sinon de lourds fardeaux qui fatiguent nos bras!
Repose, mon héros, ta carrière est finie,
Et tu peux maintenant, ô gracieux génie,
Sourire avec dédain, et puis, du haut des cieux.
Voir comme ton vainqueur a le front soucieux.

(Il fait quelques pas, et puis s'arrête.)

Comme l'âme se brise en son inquiétude!
Quel deuil en cette ville et quelle solitude!
Quel horrible silence!... On dirait que tout dort
Et que l'on sent en soi courir un froid de mort...
Hélas! défiguré sous ce turban infâme,
J'ai couru chaque rue en cherchant une femme,
Une femme, une vierge, un ange... Infortuné!
J'ai murmuré partout son doux nom, Iréné,
Mais en vain... Elle est morte, oui, sans doute elle est morte!
Oh! pour moi, quel long deuil cette pensée apporte!

(Il se cache la tête dans les mains et pleure.)

Seigneur! est-il donc vrai qu'un homme au bras puissant,
Puisse être lâchement le tueur d'une enfant?
Est-il vrai qu'un soldat, couvert d'une cuirasse,
Immole un innocent qui lui demande grâce?
Cela semble impossible, et cependant mes yeux
Ont vu, saisis d'horreur, étendus, deux à deux,
Des vieillards, des enfants, des prêtres et des femmes,
Abattus, mutilés par ces bandits infâmes!
Seigneur, Dieu juste et bon, m'auriez-vous condamné
A voir, parmi ces morts, la princesse Iréné?
Oh! non, c'est impossible! Une main tutélaire
Aura détourné d'elle une main sanguinaire.
Elle vit, elle vit! oui! Mais... si sa beauté...
Qu'entrevois-je en mon cœur? Horreur! atrocité!...
Elle, au fond d'un harem, elle! illustre princesse
Chrétienne, d'un pacha devenir la maîtresse!
Qu'elle expire plutôt! oh oui! je l'aime assez
Pour désirer sa mort.

                (Il s'arrête et semble s'abîmer dans sa douleur.)

SCÈNE V.

SCANDERBEG, CARAMAN-OGLI, MYRSAS, BEDLYSIS.

CARAMAN, entrant, à ses compagnons.

Vous êtes insensés !

Scanderbeg est ici ; suivez-moi sans alarmes.

(Il s'approche de Scanderbeg, s'incline devant lui et lui tend la main.)

SCANDERBEG.

Que voulez-vous de moi ?

CARAMAN.

Que tu prennes les armes !

SCANDERBEG.

Contre qui?

CARAMAN.

Tu le sais.

SCANDERBEG.

Je ne vous connais pas...

Votre nom?

CARAMAN.

Caraman.

SCANDERBEG.

Et ces seigneurs?

CARAMAN.

Myrsas

Et Bedlysis.

SCANDERBEG.

Parlez!

CARAMAN.

O destinée humaine!

SCANDERBEG.

Parlez!

CARAMAN.

As-tu toujours dans l'âme cette haine
Qui te fit t'affranchir des faveurs d'un sultan?
Es-tu toujours un homme?

SCANDERBEG.

Arrêtez un instant!
Vous, Caraman-Ogli, vous, musulman dans l'âme,
Vous qui venez à moi sans que je vous réclame,
Si vous me connaissez, parlez-moi franchement.

CARAMAN.

Illustre Scanderbeg, je t'en fais le serment.

SCANDERBEG.

Mon temps est précieux, hâtez-vous de m'instruire...

CARAMAN.

Mahomet nous effraie, il nous faut le réduire...

SCANDERBEG.

Croyez-vous le pouvoir?

CARAMAN.

Sans toi, non!

SCANDERBEG.

Alors, bien!

CARAMAN.

Pour combattre avec nous, prince, que veux-tu?

SCANDERBEG.

Rien!

CARAMAN.

Qu'espères-tu donc?

SCANDERBEG.

Tout!

CARAMAN.

Alors, point d'alliance!
Qui ne veut rien veut trop. Adieu! ta défiance
Est un outrage.

SCANDERBEG.

Adieu! prince, je suis chrétien
Et je tairai pour tous ce stérile entretien.

(Il salue Caraman et ses compagnons, qui se retirent
consternés.)

SCÈNE VI.

SCANDERBEG, seul.

Va-t'en porter ailleurs ta fausse confidence,
Vieux soldat dont la tête est pleine d'imprudence!
Je me vengerai seul. Privé de ton renfort,
Je serai plus puissant, plus terrible et plus fort.
Va te réfugier dans ta Caramanie,
Et, pour t'y maintenir, retrempe ton génie.

(Il parcourt le théâtre pour s'assurer que personne ne le voit.)

Allons! le ciel est noir, tout semble abandonné.
Retourne, pauvre amant, chercher ton Iréné!

(Il sort.)

SCÈNE VII.

RONDE DE SPAHIS, puis SCANDERBEG.

PREMIÈR SPAHIS.

Honneur à Mahomet, proclamons sa Hautesse!

DEUXIÈME SPAHIS.

C'est un sultan parfait.

TROISIÈME SPAHIS.

Valeureux, plein d'adresse,

Humain, bon, familier.

QUATRIÈME SPAHIS.

Il aime les spahis

Et les nomme tout haut ses fidèles amis.

CINQUIÈME SPAHIS.

Hardi dans les combats...

SIXIÈME SPAHIS.

Sage dans les affaires.

Il a brisé l'orgueil des hautains janissaires.

PREMIER SPAHIS.

C'est là son plus beau fait. Ces triomphants guerriers

Disaient que pour eux seuls Dieu semait des lauriers.

DEUXIÈME SPAHIS, au premier.

As-tu vu, Soliman, la sultane nouvelle?

PREMIER SPAHIS.

Non, frère; mais, dis-moi, comment se nomme-t-elle?

DEUXIÈME SPAHIS.

Iréné. Ce beau nom, m'a dit un vieux mollah.

Inspire la colère...

PREMIER SPAHIS.

Et l'amour?

DEUXIÈME SPAHIS.

Par Allah!

Elle est belle à damner le Prophète lui-même!

Malheureux qui la voit, car aussitôt il l'aime !
Iréné ! mais le ciel est dans son pur regard !

PREMIER SPAHIS.

Fut-elle comme une autre exposée au bazar ?

(Scanderbeg paraît au fond, enveloppé dans son caftan.)

DEUXIÈME SPAHIS.

Non ! Mustapha la prit. Tu sais bien que l'infâme
Préfère un vieux sequin à la plus jeune femme :
Alors, soit avarice ou bien ambition,
Au sultan Mahomet, rouge d'émotion,
Le vieux loup vint l'offrir...

SCANDERBEG, à part.

O mon Dieu, serait-ce elle ?

DEUXIÈME SPAHIS.

Le sultan la reçut, et la trouva si belle
Qu'il fit bey Mustapha.

PREMIER SPAHIS.

Mais la belle Iréné,
Que dit-elle au sultan ?

SCANDERBEG, à part, et avec un cri étouffé.

Supplice de damné !

(Il tire son poignard et se sauve en courant.)

DEUXIÈME SPAHIS.

Elle étendit vers lui sa main de souveraine,
Et lui dit qu'elle était la fille d'une reine.
Le sultan, de plaisir, de bonheur radieux,

Lui répondit : « Péri, j'adore tes beaux yeux ;
Il me faut ton regard, doux rayon d'allégresse :
Tu seras plus que reine en étant ma maîtresse. »

PREMIER SPAHIS.

Honneur à Mahomet, magnifique vainqueur !
La divine Iréné gouvernera son cœur.

TROISIÈME SPAHIS.

Frères, quittons ce lieu, le jour va reparaître ;
Il nous faut retourner auprès de notre maître.

(Ils sortent. La toile tombe.)

FIN DU PREMIER ACTE.

ACTE DEUXIÈME.

Au palais de Constantin. Une salle soutenue par des colonnes byzantines. Plusieurs tableaux appendus sur les murailles, et dont les peintures ont été détruites par les Turcs. Grand désordre dans l'ameublement.

SCÈNE PREMIÈRE.

IRÉNÉ, seule.

Où suis-je? Moi, chrétienne, esclave d'un sultan!
Moi, réduite à servir un vil mahométan!...
Mais ces murs qu'aujourd'hui l'on souille et déshonore,
Du nom de mes aïeux resplendissent encore!
Mais je suis fille noble, et les droits du vainqueur
Ne me sauraient contraindre à cet excès d'horreur...
Je suis libre!... Il ne peut, s'il a l'âme loyale,
Outrager à ce point ma source impériale.
Hélas! que m'a-t-il dit, ce maître audacieux?

Tout mon cœur en frissonne : il m'aime, justes cieux !

(Elle parcourt le théâtre avec égarement, et puis s'écrie :)

O toi, grand Constantin, toi qu'ont reçu les anges,

Toi qu'entourent au ciel les divines phalanges,

Toi qui trônes auprès du trône de Jésus,

O mon roi, mon parent, ne nous vois-tu donc plus ?

Réponds : laisseras-tu l'affreuse tyrannie

Souiller ton nom, ton sang, comble d'ignominie !

Seigneur, je suis chrétienne, et mon cœur éperdu

Élève un cri vengeur pour l'empire perdu.

Vois, prince, tes sujets réduits en esclavage,

Des femmes, des vieillards qu'on tue et qu'on outrage,

Tes prêtres insultés, et les petits enfants

Traînés dans la mosquée aux ordres des imans !

O prince, prends pitié de ton peuple fidèle,

Venge-le, Constantin, d'une race rebelle,

Vois ses calamités, tourne vers lui les yeux

Et daigne le sauver d'un tyran odieux !

Prince, regarde-moi : ma paupière est tarie,

J'ai versé tous mes pleurs pour toi, pour la patrie,

Mon âme vole à toi, veille sur notre honneur...

Moi, je n'ai qu'un poignard pour me percer le cœur !

SCÈNE II.

IRÉNÉ, ACHMÉ.

ACHMÉ, en entrant, à elle-même.

Voici donc ma rivale?

(A Iréné.)

Esclave, écoute-moi :
Je suis sultane encor.

IRÉNÉ, à part.

D'où me vient cet effroi?
Pourquoi tremblé-je ainsi? L'aspect de cette femme
Apporte le frisson jusqu'au fond de mon âme.

ACHMÉ, à part.

Elle est belle, vraiment, et peut l'avoir charmé...
Je tremble! Mais, voyons, je suis toujours Achmé!

(Haut.)

Esclave, connais-moi : dans ce palais immense
Les fronts les plus altiers redoutent ma puissance :
Je suis la Favorite, entends-tu? comprends-tu?
Chacun ici me rend l'hommage qui m'est dû.
Mon pouvoir est sans borne : il n'est point une esclave,
Si belle qu'elle soit, qui vainement me brave;

Je suis la souveraine à qui tous ont cédé,
Les pachas, les vizirs, même la Validé...
Eh bien, je t'avertis, femme trop téméraire,
Que si tu viens ici pour braver ma colère,
Comme... cet éventail ma main te brisera!
Je suis femme... crois-moi, tout me réussira!

IRÉNÉ.

Favorite ou sultane, esclave d'un esclave,
Toi qui portes au cou la plus honteuse entrave,
Toi qui viens menacer, dans ta lâche terreur,
Tout ce qui reste ici d'un auguste empereur,
Apprends à me connaître : il n'est point de supplice
Qui me fasse oublier mon rang d'impératrice.
Mahomet, ton amant, fût-il plus grand encor,
M'offrît-il avec lui le plus riche trésor,
Fût-il assez puissant de corps, d'âme et de tête,
Pour, de cet univers, poursuivre la conquête,
Et mît-il à mes pieds son front de conquérant,
Je lui dirais toujours : Tu n'es pas assez grand!

ACHMÉ.

Ton excessif orgueil sied mal à ta fortune.

IRÉNÉ.

J'ai droit d'être orgueilleuse, et toi d'être importune.

ACHMÉ.

J'ai conquis ce palais, c'est à toi d'en sortir.

IRÉNÉ.

Crois-moi : mon seul désir, femme, c'est de partir.

ACHMÉ.

Vraiment! quoi! tu voudrais fuir le pouvoir suprême?
Eh bien! pars, pars! va-t'en, chrétienne, et puis je t'aime!
Laisse-moi son amour, qui m'est tout, gloire, honneur.
Je suis mère, vois-tu! je dois garder son cœur.
Le sultan, près de moi, ne verra que mes larmes,
Et puis il oubliera tes trop dangereux charmes.
Oh! va-t'en, et je t'aime, et je bénis ton nom,
Et je suis à tes pieds, implorant mon pardon!

(Elle se jette aux genoux d'Iréné, qui la relève avec bonté.)

IRÉNÉ.

Mais comment puis-je fuir? Ton maître, à chaque porte,
Sultane, a mis lui-même une sûre cohorte.

ACHMÉ.

As-tu peur de la mort?

IRÉNÉ.

Tu dois mieux me juger.

ACHMÉ.

Oh! je n'ai pas voulu, chrétienne, t'outrager.
Pardonne-moi... mon cœur n'est que miséricorde!

(Comme se parlant à elle-même.)

Si j'osais... Oh! mais, non! c'est trop pour qu'on l'accorde.
Je ne suis qu'une esclave au pauvre amour surpris;
Je donne ma tendresse, on la paie en mépris...

Je ne suis qu'une esclave indigne, qu'on peut battre,
Chasser, tuer... Grand Dieu! je sens mon cœur s'abattre.

IRÉNÉ.

Sultane, que dis-tu? Ce trouble me confond.

ACHMÉ.

Princesse, ayez pitié, mais mon âme se fond!
Je voudrais vous prier de me faire une grâce...

IRÉNÉ.

Laquelle?

ACHMÉ.

Permets-tu qu'une esclave t'embrasse?

IRÉNÉ.

Venez, venez ma sœur, unissons nos douleurs!

ACHMÉ.

Merci! Pars maintenant, et si tu meurs, je meurs.

IRÉNÉ.

Par où fuir?

ACHMÉ.

Je connais une secrète issue
Par où tu peux, ma sœur, sortir sans être vue.

IRÉNÉ.

Je m'abandonne à toi.

ACHMÉ.

Viens! viens!

(Elle entraîne Iréné, et s'arrête bientôt épouvantée devant Mahomet.

SCÈNE III.

Les Mêmes, MAHOMET, puis des Gardes.

MAHOMET, entrant.

Où courez-vous ?
Achmé, que fais-tu là ? Parle, ou bien mon courroux...

ACHMÉ, terrifiée.

Seigneur... je te cherchais...

MAHOMET.

Va-t'en !

ACHMÉ.

Oh ! non, je reste.
Il faut, seigneur, il faut que l'esclave modeste
Obtienne le pardon de son maître adoré...
Mahomet, rends le calme à mon cœur éploré !
Rien qu'un seul mot d'amour, qu'un regard de tendresse,
Et je pars... Ah ! seigneur, le désespoir m'oppresse ;
Je tremble que ton cœur ne m'appartienne plus...
Réponds, ô mon sultan !

MAHOMET.

Tes pleurs sont superflus.
Évite ma présence, ôte-toi de ma vue !

ACHMÉ.

Oh! le traître! oh! l'ingrat! Mon Dieu! je suis perdue!

MAHOMET.

Sors!

ACHMÉ

Non!

MAHOMET.

Sors donc!

ACHMÉ.

Jamais!

MAHOMET.

Ma longanimité

S'épuise.

ACHMÉ.

Mahomet, j'implore ta bonté...

MAHOMET.

Pour la dernière fois, va-t'en, ou ma colère,
Esclave, sur ton front va fondre tout entière!

ACHMÉ, avec dignité.

Je ne suis plus esclave, ô maître, incline-toi!
Je suis mère, et tu dois ne plus aimer que moi;
Je suis mère, ce titre, il faut bien qu'on l'admette,
M'élève jusqu'à toi : je puis hausser la tête.

(Avec douceur.)

Seigneur, je t'ai donné deux fils depuis deux ans...

15

MAHOMET.

Nous autres souverains, nous n'avons point d'enfants,
Mais des princes — créés pour nous ôter la vie ;
Nous devons tous les jours redouter leur furie...
Va-t'en !

ACHMÉ, suppliante.

Oh ! non, seigneur, il faut avoir pitié
De l'esclave soumise, et tant d'inimitié
Sur un cœur répandue est une chose horrible !
Un époux à ce point ne peut être insensible...
Tu m'aimes, cher seigneur, oh ! oui, ton cœur est bon,
Et tu ne peux laisser en ce lâche abandon
Une femme, une mère, hélas ! désespérée !
O Mahomet ! pardonne à la pauvre éplorée
Qui ne peut vivre, hélas ! en perdant ton amour.
Vois donc dans quel état je suis depuis un jour...
Mon seigneur, sois clément, fais cesser mes alarmes !
Voyons ! qu'un seul souris vienne sécher mes larmes !...

MAHOMET.

Tu ne veux point sortir ?

ACHMÉ.

Seigneur, vois ton Achmé :
Conçois-tu ses tourments, mon maître bien-aimé ?
Laisse-moi... près de toi.

MAHOMET, appelant.

Gardes !

ACHMÉ, avec désespoir.

Rien ne le touche!

Et pourtant Dieu lui-même avait mis en ma bouche

Des mots pour émouvoir son cœur impérieux...

Vains efforts, soins perdus! Cet homme furieux

Reste sourd à mes cris, reste sourd à mes plaintes...

Adieu, chères amours, hélas! trop vite éteintes!

MAHOMET, aux gardes.

Conduisez cette femme en son appartement!

ACHMÉ, entraînée par les gardes.

Dieu juste, fais sur lui tomber le châtiment!

SCÈNE IV.

MAHOMET, IRÉNÉ.

(Un long silence.)

MAHOMET.

Enfin, nous sommes seuls, ô ma belle princesse!

Et je puis t'avouer mon amour, ma tendresse.

IRÉNÉ.

Sultan, que suis-je ici? Réponds, si tu le peux!

MAHOMET.

Une ange, une péri qu'on exila des cieux...

IRÉNÉ.

Suis-je libre? Réponds !

MAHOMET.

Tes ailes nuancées
T'attendent dans le ciel où tu les as laissées.

IRÉNÉ.

Mahomet, ce langage est indigne de toi :
Ne crains pas de parler en maître devant moi.

MAHOMET.

Mais que puis-je te dire autrement que je t'aime?
Tu vois bien que pour toi mon amour est extrême...
Tu n'as point de rivale en mon cœur asservi;
L'éclat de tes beaux yeux, cher ange, m'a ravi.

IRÉNÉ.

Et la timide Achmé?

MAHOMET.

Je la hais, je l'oublie!

IRÉNÉ.

Ton cruel abandon peut lui coûter la vie.

MAHOMET.

Eh! que m'importe Achmé, je n'aime plus que toi!
Toi seule as pour toujours ma tendresse, ma foi;
Toi seule, désormais, seras dans ma pensée...

IRÉNÉ.

Tu méprises donc bien la pauvre délaissée?

MAHOMET.

Je l'oublie et je t'aime, oui, je t'aime vraiment!

IRÉNÉ.

Mais la charmante Achmé reçut pareil serment...

MAHOMET.

Achmé n'est qu'une esclave...

IRÉNÉ.

Et moi, que suis-je?

MAHOMET.

Reine!

Oui, de mon cœur, c'est toi, c'est toi la souveraine.

Des biens de Constantin, c'est toi, toi que je veux.

T'adorer, être aimé, je n'ai pas d'autres vœux.

Dis-moi que tu me hais, et je maudis ma gloire,

Et, bien plus, je maudis ma stérile victoire!...

Tiens, regarde : pour tous je suis l'omnipotent,

Tout se courbe à mon nom, qu'on ne dit qu'en tremblant ;

Il n'est point d'empereur dont l'âme ne frissonne

En voyant mon turban plus beau que sa couronne...

L'Italie alarmée arme en vain cent vaisseaux,

Et les rois allemands réparent leurs créneaux ;

La Perse, l'Arabie, en esclaves soumises,

Implorent mon pardon, cessent leurs entreprises...

Mon croissant, en ce jour, éclipse le soleil,

Et son éclat aux rois fait perdre le sommeil...

Eh bien! là, près de toi, je suis faible, timide,

Je ne me connais plus : ton regard doux, splendide.

A des rayonnements qui me brûlent le cœur,

Et je me sens comme ivre aux pieds de mon bonheur!

IRÉNÉ.

Tu parles un peu haut de ton omnipotence :

La grandeur de ton nom n'a point tant d'importance ;

Et, sans chercher bien loin, pour te désabuser,

Je te vois un rival qu'on ne peut mépriser :

Celui-là, Mahomet, que ton orgueil renie,

Est un homme de cœur, ainsi que de génie;

Il n'a point, il est vrai, trois cent mille soldats,

Des pays arrachés à tous les vieux États;

Il n'a point de harems aux barrières d'eunuques,

Ni de jeunes pachas aux poitrines caduques;

Il n'a point de vaisseaux sillonnant les deux mers,

Il ne fait pas de bruit à troubler l'univers;

Mais je doute beaucoup que, si haut qu'on le vante,

Le nom de Mahomet le glace d'épouvante.

Ce soldat, ce héros n'est pas moins grand que toi,

Car lui seul il voulut et sut se faire roi.

Ah! ton père Amurat lui rendait mieux justice.

MAHOMET.

Mon père fut très-grand, que son nom retentisse !

Mais de qui parles-tu? D'un esclave insoumis,

D'un traître qu'Amurat éleva comme un fils,

D'un pauvre aiglon perdu, tachant de sa pauvre aile

L'azur de ce beau ciel, moins pur que ta prunelle,
De Scanderbeg enfin, mon plus mince vassal?...
Mais je n'ai qu'à souffler pour briser ce rival.

(Il rit.)

IRÉNÉ.

Fais-le donc, orgueilleux! Mais c'est une tempête
Qu'il faut pour ébranler son héroïque tête.
Tu l'as vu dans Croïa, sans armes, sans appui,
Repousser tes pachas qui fuyaient devant lui;
Tu l'as vu te jeter, du haut de ses tourelles,
Son superbe défi, puis broyer tes deux ailes;
Tu l'as vu te poursuivre avec deux cents guerriers,
Et t'acculer ainsi jusques en tes quartiers;
Tu l'as vu, tu l'as vu, par un excès d'audace,
Venir en ton palais te braver bien en face :
Et tu doutes de lui!... Mais tu ne vois donc pas
Qu'il peut un jour, sultan, disloquer tes États?

MAHOMET.

Lui!

IRÉNÉ.

Crois-moi, Scanderbeg a l'âme bien trempée,
Il est noble, vaillant; en sa main une épée
Ne se rouillera pas.

MAHOMET.

Silence sur ce roi!
Je l'estime son prix. Princesse, écoute-moi :

Je t'ai fait un aveu tel qu'il n'est pas de femme
Qui, l'ayant entendu, n'en soit fière en son âme.
J'ai dit que je t'aimais, et que, dans ma bonté,
Je voulais t'allier à mon autorité.
Que m'as-tu répondu, sinon que tu rejettes
L'offre de partager mes immenses conquêtes?...
Je ne demande plus un impossible amour,
Tu m'as fait, dans ton cœur, lire sans nul détour;
Je connais le héros qu'il aime et me préfère,
Et j'approuve ce choix, difficile à mieux faire.
Mais écoute, princesse : à défaut de ton cœur
Je me contenterai d'un plus mince bonheur...
Je te... prendrai le corps, et ton âme, chrétienne,
Sera libre d'aller s'unir avec la sienne.

(Irêné, fière et dédaigneuse, regarde Mahomet, qui redouble
de colère, et s'écrie :)

Allons! je suis le maître! Esclave, soumets-toi!
Tu sais que tout vainqueur peut imposer sa loi!

IRÉNÉ.

Tu ne m'as pas vaincue! Oh! mais à ce langage,
Turc, je te reconnais!

MAHOMET.

                       Qu'importe ton outrage!
En disant un seul mot, je puis, si je le veux,
Faire de toi si belle un cadavre hideux.

Je puis faire couper ton insolente tête,
Le sais-tu?

IRÉNÉ.

Je le sais. A mourir je suis prête.

MAHOMET s'approche d'Iréné qui recule, et comme ivre de fureur
et de désir, il s'écrie:

Nièce de Constantin, chrétienne, à moi d'abord,
Et puis à Scanderbeg, s'il t'aime après la mort!

IRÉNÉ, tout en fuyant Mahomet.

La mort, oh! je la veux, je la veux, je l'implore!
Mais s'il te reste au cœur quelques vertus encorè,
Laisse-moi mourir pure. A mon dernier soupir
Je te dirai merci! Je n'ai plus qu'un désir:
La mort! oh! Mahomet, laisse-moi mourir pure!

MAHOMET.

Non! tu seras à moi, je le veux, je le jure!

IRÉNÉ.

Grâce! au nom du héros que tu mis au tombeau,
Au nom de Constantin, cet homme au cœur si beau,
Si magnanime...

MAHOMET.

Non!

IRÉNÉ.

Oh! n'as-tu pas de honte?

15.

MAHOMET.

Ton orgueil m'humilie, il faut que je le dompte,
Et... tu seras à moi !

IRENÉ.

Mais tu ne crains donc pas
Qu'une impuissante femme, à l'heure du trépas,
Te maudisse?...

MAHOMET.

Maudis! insolente chrétienne!
Je ne veux que ton corps, il faut qu'il m'appartienne !

(Il poursuit Iréné, et au moment où il va l'atteindre.
une voix se fait entendre qui l'arrête court.
Iréné se sauve dans les appartements d'Achmé.)

SCÈNE V.

MAHOMET, ALI, le grand-vizir.

ALI, entrant.

Seigneur, la ville brûle, et je viens t'avertir...

MAHOMET, au comble de la fureur.

Si tu tiens à la vie, hâte-toi de sortir!

ALI.

Les janissaires ont, dans toutes les églises,
Mis le feu. La raison est que tu les méprises

Pour louer des spahis la douteuse valeur.

Viens donc les apaiser, il y va de l'honneur!

Que diras-tu, sultan, si demain dans la ville

Ces soldats irrités font la guerre civile?

Songe que ton empire est encor chancelant,

Et que, pour l'ébranler, tout soldat turbulent...

MAHOMET, qui, après avoir reconnu le grand-vizir, s'est contenu
pour l'écouter.

Qui peut t'avoir payé, réponds, je te l'ordonne,

L'avis que ton audace impudemment me donne?

Serait-ce encor, vizir, mon frère Constantin?

Mais non! puisque j'ai vu sa tête dans ma main!...

Qui donc, alors? Réponds!

ALI, pâle et troublé.

Seigneur, que veux-tu dire?

Tu m'outrages.

MAHOMET, avec une ironie sanglante.

Vraiment! au fait, on peut médire

Et te calomnier.

ALI.

Mon seigneur redouté,

Je ne m'attendais pas à telle iniquité.

Quand j'accours près de toi comme un sujet fidèle,

Tu sembles me traiter en ministre rebelle...

Nomme-moi mes forfaits, je ne les puis sentir...

Je t'ai servi toujours...

MAHOMET, à part.

Oh! laissons-le mentir!

ALI, continuant.

Avec grand dévouement, avec zèle et courage.
Merci! ma récompense est un mortel outrage!

MAHOMET considère un instant Ali des pieds à la tête, puis il tire
une lettre de sa poitrine, l'ouvre et la présente froidement
au vizir, qui recule atterré.

Connais-tu cet écrit?

ALI, à demi-voix.

Oh! la fatalité!

MAHOMET.

Tu vois que je connais toute ta lâcheté?

ALI.

J'avoue, oui, mon seigneur, j'avoue avec tristesse
Que je fus traître et lâche envers toi, ma hautesse.
Que veux-tu? Mahomet, la tête m'a tourné...
Il me fallait de l'or, il m'en a tant donné
Que j'ai mis tous mes soins à nuire à ta conquête.
Venge-toi! tu le dois... Fais-moi couper la tête...
J'ai mérité mon sort et ne m'en plaindrai pas...
Seulement, pour ta gloire, apaise tes soldats!

MAHOMET.

Ainsi de Constantin, ô misérable traître,
Tu reçus les présents et tu trahis ton maître?

ALI.

Je te l'ai dit, seigneur.

MAHOMET.

C'est bien, tu vas mourir!

(Appelant.)

Gardes!

(Huit spahis entrent.)

Approchez tous! saisissez le vizir,
Et que dans un instant on lui coupe la tête!

(Les spahis entraînent Ali, qui sort en saluant respectueusement
le sultan.)

SCÈNE VI.

MAHOMET.

Ah! l'on veut me braver; mais ma vengeance est prête,
Et je puis, insensés, imprudents, maladroits,
Si grands que vous soyez en sagesse, en exploits,
Vous faire plus petits que des nains, que des femmes;
Je puis tuer vos corps et maudire vos âmes.
Ah! vous voulez heurter mon pouvoir souverain!

Insensés, eussiez-vous une tête d'airain.
Je vous la couperais.

(Après une pause.)

Mais cette belle esclave,
Cette princesse, hélas! qui m'insulte et me brave,
La ferai-je mourir?

(Il réfléchit un moment, et puis continue:)

Elle l'a mérité;
Mais je la veux garder pour sa seule beauté.
Et puis je l'aime, moi! je l'aime! oh honte! oh rage!
Tandis que sur ma gloire elle répand l'outrage
Et qu'elle me méprise... Ah! je suis lâche et fou...
Je devrais ordonner qu'on lui coupât le cou...
Mais non! qui sait?... peut-être à force de clémence
Pourrai-je un jour atteindre au but de ma... démence.
Enfin! allons la voir. J'ai brisé sa fierté,
Elle était suppliante, et son cœur agité
S'est abaissé pour moi jusques à la prière...
Allons donc l'apaiser, cette beauté si fière!
Allons donc lui porter, avec mon repentir,
Mon cœur pour le broyer et pour l'anéantir...

(Il se dirige vers l'appartement d'Achmé, et puis s'arrête encore.)

Oh! l'amour est vraiment une étrange folie!

SCÈNE VII.

MAHOMET, SPAHIS.

UN SPAHIS.

Seigneur, le traître est mort. Ta justice est remplie.

MAHOMET.

C'est très-bien! Attendez! prenez mon étendard,
Armez les Bostangis, armez-les sans retard,
Et marchez avec eux contre vos adversaires.
Allez! cent sequins d'or pour quatre janissaires!

(Les spahis sortent. Mahomet entre chez Achmé.)

FIN DU DEUXIÈME ACTE.

ACTE TROISIÈME.

Une vaste salle du palais.

SCÈNE PREMIÈRE.

OMAR–BEY entre avec plusieurs janissaires, parmi lesquels
est SCANDERBEG, revêtu de leur uniforme.

OMAR–BEY, à Scanderbeg,
qu'il place en faction devant une porte.

Toi, garde cette porte et ne laisse approcher
Personne du sultan.

(A deux janissaires, qu'il appelle d'un geste.)

Vous deux, allez chercher
Hassan–Bey.

(Aux autres janissaires.)

Vous direz à tous nos camarades
Que notre brave aga reçoit les embrassades

Du sublime sultan. Allez, mes fiers lions,

Vous avez bien hurlé; de vos rébellions

On redoute aujourd'hui la terrible insolence...

Vous avez su reprendre, au bout de votre lance,

Tous les droits du soldat, tous ceux du citoyen,

Et cela hardiment, sans appui mitoyen.

Vous pouvez croire, amis, que Sa Hautesse est lasse,

Et qu'elle comptera dès lors sur votre audace...

Elle n'oubliera plus, du fond de son sérail,

Ce que vous savez faire une nuit de travail.

(Les soldats sortent.)

(A Scanderbeg.)

Et toi, fier compagnon, qui marches tête basse,

N'es-tu point satisfait? Nous sommes dans la place.

Les spahis sont brisés, bien malades ou morts;

Nous les avons battus, malgré tous leurs efforts.

(Scanderbeg reste immobile, les yeux tournés du côté des appartements
d'Achmé. Omar continue :)

Par Allah! on croirait que tu hais ta victoire.

Réponds-moi donc! dors-tu? je suis prêt à le croire.

SCANDERBEG, se retournant lentement.

Oui, je dors, mon seigneur, en attendant le jour

Où terrible et sanglant, ainsi que le vautour,

On me verra m'abattre et fondre sur ma proie.

OMAR-BEY.

Un rude obstacle, ami, peut venir....

SCANDERBEG.

On le broie !

Mon jour n'est plus si loin, j'y touche avec la main,
Je le sens, je le vois : il se nomme demain.

OMAR-BEY.

Mon frère, heur à tes vœux ! Mais garde cette porte !
Veille bien ! je te laisse.

(Il sort.)

SCÈNE II.

SCANDERBEG.

Oh ! c'est heureux qu'il sorte,
Car mon cœur a besoin d'un peu d'isolement.
Tu marches, ma vengeance ! et je touche au moment
De sauver la princesse.

(Un silence.)

Hélas ! me connaît-elle ?
Voudra-t-elle compter sur un homme fidèle ?
En me voyant ainsi, couvert de ce caftan,
Me prendra-t-elle pas pour un mahométan ?

C'est possible!... Après tout, je me ferai connaître : ' .
Je lui dirai mon nom, qu'elle honore peut-être...

(Rêvant.)

Pauvre enfant que j'ai vue auprès de Constantin,
Frémir comme une fleur aux brises du matin,
Libre comme l'oiseau préludant sur sa branche,
Et plus belle qu'un ange avec sa robe blanche.
Oh! qu'elle doit souffrir en sa captivité!
Pour elle, tout d'un coup, c'est trop d'adversité!...
Mahomet peut l'aimer, mais elle le méprise;
Il est de la mosquée, elle est de notre Église...
Et puis, le padischa doit son rang au hasard :
Sa mère est une esclave achetée au bazar.
Il n'est pas, que le sien, dans tout son vaste empire,
De sang plus mélangé... Tout contre lui conspire.
Iréné ne peut pas descendre jusqu'à lui,
La gloire des aïeux en son âme a trop lui...
Elle est dame romaine, et de cœur et de tête,
Et le plus grand des Turcs n'atteint pas à son faîte...
Mais où l'aller chercher? Sans doute, vingt soldats
Veillent dans sa prison, la pique au bout du bras.
Eh! qu'importe! je puis d'un coup de cimeterre
A ces pauvres croyants faire baiser la terre!
Allons délivrer l'ange et venger Constantin.

(Il fait quelques pas vers la porte, qu'il garde. Iréné paraît
de l'autre côté.)

SCÈNE III.

SCANDERBEG, IRÉNÉ.

IRÉNÉ, entrant.

Oh! qui m'affranchira, mon Dieu! de mon destin?

SCANDERBEG, se retournant et comme ivre de ravissement.

Moi, noble Kiria.

IRÉNÉ.

Vous? Hélas!

SCANDERBEG.

Oui, moi-même!

(Il se rapproche d'Iréné, qui le contemple avec autant de surprise
que d'espérance. Il continue :)

Noble dame, écoutez! Cet instant est suprême!
Pour venir jusqu'ici sans être découvert,
J'ai chaussé la babouche et pris le turban vert:
J'ai combattu la nuit avec les janissaires,
Et je les ai nommés tout haut mes dignes frères...
Kiria, dans mon cœur j'adore votre Dieu,
Et je viens vous ravir à cet infâme lieu.

IRÉNÉ.

Votre nom?

SCANDERBEG, bas.

Scanderbeg.

IRÉNÉ.

Noble roi d'Albanie,

Vous qui m'offrez de fuir ce lieu d'ignominie,

O vous qu'entre tous rois honorait l'empereur,

Je remets en vos mains ma vie et mon honneur !

Je suis prête à vous suivre, et, s'il faut que je meure,

Je mourrai satisfaite en fuyant ma demeure.

Partons donc !

SCANDERBEG, allant à une porte.

Un moment : il faut nous assurer

Si le passage est libre.

IRÉNÉ.

Pouvons-nous l'espérer ?

Le prudent Mahomet a mis à chaque porte

Ses plus braves soldats... Ils me tueront, qu'importe !

Je ne crains plus la mort.

SCANDERBEG, en remettant son poignard à Iréné.

Prenez donc ce poignard

Pour écarter de vous tous ces fils du bazar.

IRÉNÉ, voulant rendre le poignard.

Oh ! ma main tremblerait.

SCANDERBEG.

Gardez-le, noble dame !

Le Dieu que vous servez en guidera la lame.

IRÉNÉ, tout en passant le poignard à sa ceinture.

Par ordre du tyran, on dit que l'empereur
Repose, aux yeux des Grecs, sur un trône d'honneur.
Ne voudriez-vous pas à son ombre guerrière
Rendre un dernier hommage et faire une prière?

SCANDERBEG.

Je l'ai vu, ce héros digne du nom romain,
Appuyer, quoique mort, son beau front dans sa main.
Son regard n'avait point encor perdu sa flamme,
Il avait su garder un reflet de son âme
Comme pour foudroyer, par un dernier éclair,
L'impudent musulman qui souille ici son air.
Il n'est plus, ce héros! mais son auguste cendre
Peut lancer sur le monde un nouvel Alexandre...
Cet empire qui guette, ainsi qu'un vieux géant,
Tous les caps habités de l'antique Océan;
Cet empire, bâti de provinces volées,
Où l'on n'entend jamais que des voix désolées,
Étalât-il aux yeux des rois épouvantés
Ses déserts d'Arabie et toutes les cités
De l'Afrique soumise et de la molle Asie;
Montrât-il les trésors de la verte Ionie,
Et pût-il évoquer par un charme certain
Tous les vaillants guerriers du sultan Saladin,
Sous le poids du destin il s'incline, il succombe :
Cet empire ottoman n'est qu'une catacombe.

IRÉNÉ.

Où donc est l'empereur?

SCANDERBEG.

Par ici; suivez-moi,

Mais dérobez à tous, princesse, votre émoi.

(Il s'avance vers une porte, à gauche, suivi d'Iréné, puis, au moment
de la franchir, il se rejette en arrière avec un cri de
fureur terrible.)

O rage! le sultan et toute son escorte!

IRÉNÉ.

Où fuir? où me cacher?

SCANDERBEG.

Fuyez par cette porte...

Je vais l'attendre ici.

(Iréné sort d'un côté. Scanderbeg se place en faction, et salue du
sabre Mahomet, qui entre suivi de tous les grands officiers
de l'empire.)

SCÈNE IV.

SCANDERBEG, MAHOMET, ALI-AGA, PACHA'S, EFFENDIS, ULÉMAS, ÉMIRS, GARDES.

MAHOMET avance sur la scène, et il semble oublier la présence des
personnes de sa suite.

Le calme est rétabli.

De mes braves spahis l'étoile a bien pâli.

Je les ai vus passer, ainsi que des fantômes,
Oubliant, tout contrits, qu'ils sont de rudes hommes
Et qu'ils pourraient combattre, en redoublant d'efforts,
Leurs orgueilleux rivaux qui se disent si forts...
Mais, hélas! on est lâche après une défaite;
Le moindre petit vent paraît une tempête,
Et si j'avais moi-même écorné mon croissant
Contre les bastions d'un État florissant;
Si j'avais vu s'enfuir mes phalanges meurtries
Devant un tourbillon de troupes aguerries,
Mon cœur se fût glacé de honte et de fureur,
Et n'eût pu réprimer un moment de terreur...
Il n'en est point ainsi; partout on me renomme,
Car j'ai su vaincre seul plus qu'un prince, un grand homme.

ALI-AGA, s'approchant.

Seigneur, nous sommes là.

MAHOMET.

C'est bien! demeurez-y.

Vous êtes, vieil Aga, mon plus fidèle ami.

ALI-AGA, bas à un effendi.

L'amitié d'un sultan est chose belle et rare,
Et, pour moi, Mahomet jamais n'en fut avare.
Hier, il menaçait; aujourd'hui, qu'il a peur,
Il loue avec la bouche et mord au fond du cœur.

L'EFFENDI.

Nous savons ce que vaut cette amitié si chère :

Caresses de sultan sont baisers de vipère.

MAHOMET, à ses officiers.

Voyons, mes effendis, voyons, mes ulémas,
A-t-on réinstallé le pacha de Damas?
A-t-on reçu l'impôt des raïas de Syrie?
Savez-vous ce que font les loups de Bulgarie?
Répondez, mes féaux!

UN EFFENDI.

Pour haute iniquité,
Le pacha de Damas mourut décapité.

UN ULÉMA.

L'impôt de la Syrie, arraché non sans ruse,
Depuis quatorze jours est arrivé dans Pruse.

UN EFFENDI.

Les Bulgares, tremblant au fond de leurs ravins,
Acclament Mahomet, maître de leurs destins.

MAHOMET.

C'est bien! Mais Scanderbeg, cet orgueilleux mirdite,
Que fait-il? Vous savez que sa ville maudite
Me déplaît, et qu'il faut la raser sans retard?

SCANDERBEG, à part.

Si jamais dans Croïa tu mets ton étendard,
Esclave souverain, tu verras ton empire
Brisé, détruit, perdu bien avant que j'expire.

ALI-AGA, à Mahomet.

Hautesse, Scanderbeg est brave, plein d'honneur,

16

Et tu dois, pour toi-même, honorer sa valeur.

Il ne faut pas qu'on dise, en lisant ton histoire,

Que d'un illustre chef tu jalousas la gloire.

N'es-tu pas assez grand déjà par tes exploits

Pour laisser en repos ces pauvres petits rois?

Et puis, ô Mahomet, souviens-toi de l'adage :

« Envers ses plus aimés, la Fortune est volage ! »

MAHOMET.

Scanderbeg me fait ombre, ainsi que les Rhodiens,

Et je veux ruiner tous ces nids de chrétiens.

ALI-AGA.

Si c'est là ton dessein, il est mauvais, mon maître.

MAHOMET.

J'ai juré par Allah! je saurai les soumettre.

ALI-AGA.

Amurat ne l'a pu : c'était un grand sultan

Qui certes possédait un cœur mahométan ;

Mais jamais, non, jamais, quoiqu'il en eût envie,

Il n'osa se flatter de voir Rhode asservie.

MAHOMET.

Ce que n'a point osé mon père, on l'osera,

Ou bien ce vain pouvoir avec moi périra !

Je serais bien indigne, et bien faible, et bien lâche,

Si je pouvais souffrir qu'on mesurât ma tâche !

Je veux exterminer Scanderbeg, les barons,

Les chevaliers de Rhode... ensuite, nous verrons !

SCANDERBEG, sans quitter sa faction.

Vouloir est bien aisé, pouvoir est moins facile.
Si tu vaincs les Rhodiens, tu seras fort habile.
Quant au roi Scanderbeg, ô sultan, je le crois
Désireux d'opposer à ton croissant sa croix ;
Et si fort que tu sois, si grand, si formidable,
Il ne craint pas, seigneur, que ton nombre l'accable.

MAHOMET.

(Il considère un moment Scanderbeg, puis hausse les épaules comme
pour écarter un soupçon qu'il avait conçu, et il s'écrie avec
une forfanterie superbe :)

Soit ! Mais sur cette croix, fier de se dévouer,
Comme un autre Jésus je le ferai clouer.

SCANDERBEG, souriant.

Vouloir est bien aisé !

ALI-AGA, à Scanderbeg.

Silence, janissaire !
C'est au chef à parler, au soldat à se taire.

(Au sultan.)

Hautesse, je t'ai dit ce qu'un homme de cœur
Peut dire sans qu'on ose insulter son honneur.
Si mes prudents conseils, nourris d'expérience,
Élèvent un rempart à ta jeune vaillance,
Tu peux les dédaigner... tu me verras toujours
Prêt à sacrifier pour ta gloire mes jours.
Je suis bon musulman, et personne n'en doute.

Il n'est point de dangers que mon âme redoute.
Commande le combat, tu me verras demain
Au milieu des chrétiens me frayer un chemin.
Mais, je te le répète, et tu devrais m'en croire,
Il ne faut pas toujours escompter la victoire...
Les Rhodiens, dans leur île, ô maître, sont très-forts,
Et pour eux tous les rois préparent des renforts!

MAHOMET.

Aga, dans quelques jours tu connaîtras mon ordre!

SCANDERBEG, à part.

Va, lion, aiguiser tes dents pour ne pas mordre!

MAHOMET.

Amis, en attendant, venez tous avec moi
Nommer un patriarche aux chrétiens pleins d'effroi.

(Il sort suivi de toute sa cour.)

SCÈNE V.

SCANDERBEG. seul.

Ils sont partis; mais moi je reste à cette place,
En attendant qu'un Turc arrive et me remplace.
C'est ma consigne, il faut l'observer bravement.
Je garde le sultan... je le garde vraiment.

Oui! pareil au lion qui veille sur sa proie,
Je garde Mahomet, dont le bras nous foudroie.
Ah! l'insensé, qui veut, dans son orgueil de nain,
Chercher des ennemis par tout le genre humain!
L'insensé, l'insensé, dont le pauvre courage
Ne sait se faire voir qu'au milieu d'un carnage!
L'insensé, l'insensé, qui prend pour piédestal
Un empire aboli par un décret fatal!
L'insensé, l'insensé, qui mesure à sa taille
Des héros baptisés à chaud dans la bataille!...
Certes, on peut parfois s'enivrer un moment
D'un triomphe obtenu sans qu'on sache comment;
Mais pour peu qu'on soit homme, homme de forte race,
La vérité se fait et le vertige passe.
Mahomet, étourdi de ses premiers exploits,
Voit son front dominer le front de tous les rois;
Il ne doute de rien... La gloire, infatigable,
Ne peut abandonner son croissant formidable...
Oh! mais moi je suis là, je veille jour et nuit,
Et je puis déranger le beau plan qu'il conduit...
Ma ville de Croïa lui déplaît: sur mon âme,
Avant qu'il ne la rase, un soldat sera femme!
Mais va, très-haut seigneur, tu n'es pas si puissant
Que l'on doive trembler en voyant ton croissant.
Ton père était un homme au cœur doublé d'audaces,
Pour toi, dégénéré, tu n'es fort qu'en menaces,

16.

Tu ne sais que hurler au jour de l'action,
Bâtard, tu n'es qu'un loup dans la peau d'un lion !

(Une pause.)

Oh! mon Dieu! la vengeance absorbe ma pensée!...
Pourvu que la princesse, à s'enfuir trop pressée,
Ne soit point retombée aux mains de son vainqueur!
Iréné... Ton nom seul fait palpiter mon cœur...
Qu'elle est belle, mon Dieu! que sa voix a de charmes!
Quel bonheur de pouvoir enfin sécher ses larmes!
Oh! je la sauverai!... Mon Dieu, tu permettras
Que cette ange d'amour arrive en mes États...
On vient! Si c'était elle?

(Regardant par la porte.)

Hélas! non. A ma place!

(Il se remet en faction.)

SCÈNE VI.

SCANDERBEG, ACHMÉ.

ACHMÉ.

Scanderbeg, est-ce vous? répondez-moi, de grâce!,

SCANDERBEG, après un moment d'hésitation.

Je ne cache mon nom à personne; approchez!

Est-ce bien Scanderbeg, ici, que vous cherchez?

ACHMÉ.

Oui, seigneur, et je viens, le cœur plein d'espérance,
De la noble Iréné hâter la délivrance.
Écoutez : il n'est plus pour elle de chemin,
Mais il faut la sauver, seigneur, avant demain.
L'infidèle sultan autour d'elle s'empresse,
Et je sais qu'il la veut prendre pour sa maîtresse.
Déjà les Bostangis, par son ordre appelés,
Ont reçu du palais les quatre mille clés,
Ils veillent jour et nuit. Mais moi, je sais dans l'ombre,
Pour la sauver, seigneur, un chemin sûr et sombre...
Hélas! hors de ces murs je ne puis la guider.
Ce sera donc à vous, prince, de la garder...

SCANDERBEG.

Vous portez le turban et la verte babouche,
Je me dois défier des mots de votre bouche...
Vous me trompez, sultane.

(La nuit commence à tomber.)

ACHMÉ.

Oh! ne le croyez pas.
J'aime Iréné, seigneur; le plus affreux trépas
Ne saurait me porter à tant de perfidie...
Je viens à vous par elle, au péril de ma vie.

SCANDERBEG.

Vous?

ACHMÉ.

Oui, moi ! La princesse, en mon appartement,
Attend que je revienne. Oh ! prince, en ce moment
Elle tremble pour moi... Seigneur, roi d'Albanie,
Croyez en ma vertu moins qu'en ma jalousie.
Avant que d'Iréné l'on ne vît les beaux yeux,
J'étais, j'étais pour tous souveraine en ces lieux.
Aujourd'hui ma beauté s'éclipse devant elle ;
Pour l'ingrat Mahomet, Iréné seule est belle ;
Mais mon cœur n'a pour elle aucune inimitié,
Et je suis digne encor de toute sa pitié.

SCANDERBEG.

Vous la voulez sauver... je veux vous croire, ô femme.
Mais si vous me trompiez... oh ! vous seriez infâme !
Voyons, que faut-il faire ?

ACHMÉ.

Écoutez. Ce palais
Est bâti sur la mer...

SCANDERBEG.

Abrégez ; je le sais.

ACHMÉ.

Vous prendrez une barque à la voilure sombre,
Et puis vous attendrez, en vous cachant dans l'ombre,
Que ma fenêtre s'ouvre... Alors vous paraîtrez,
La princesse viendra, seigneur, vous la prendrez !

SCANDERBEG.

Femme, dis-moi ton nom, afin qu'un jour je puisse
Honorer d'Iréné la douce protectrice.

ACHMÉ.

Fuyez, voici la nuit, seigneur; je suis Achmé.

SCANDERBEG.

Adieu ! merci ! je pars.

ACHMÉ.

Surtout soyez armé !

SCANDERBEG.

Va, ne crains rien pour moi, mon heure est loin encore.
Adieu ! rappelle-toi qu'un roi libre t'honore !

(Il sort d'un côté, Achmé sort de l'autre. La nuit est venue.)

SCÈNE VII.

MAHOMET, LE BOSTANGI-BACHI.

MAHOMET, entrant.

Enfin me voilà seul, et je puis, sans détour.
M'enivrer longuement de mon cruel amour.

LE BOSTANGI.

Grand seigneur !

MAHOMET, se retournant.

Que veux-tu?

LE BOSTANGI.

Je voudrais savoir l'heure
A laquelle tu veux que la sultane meure?

MAHOMET.

Tu la poignarderas sûrement et sans bruit,
Et tu la jetteras à la mer, cette nuit.

LE BOSTANGI.

Faudra-t-il donc la coudre en un sac?

MAHOMET.

Oui, sans doute!

LE BOSTANGI.

Tu seras satisfait.

MAHOMET.

Encore un mot. Écoute
Quand mon ordre sera vraiment exécuté,
Tu m'en avertiras: telle est ma volonté.

(Le Bostangi s'incline et sort par le fond.)

MAHOMET, seul.

Maintenant, retournons implorer, me soumettre...
Sous le pied d'une enfant courbons mon front de maître!

(Il sort.)

FIN DU TROISIÈME ACTE.

ACTE QUATRIÈME.

L'extérieur du palais du côté de la mer. La scène forme une sorte de
quai sur lequel sont entassées des barquettes en construction. Au
lever du rideau, on voit un caïque s'avancer et s'embosser devant
l'une des fenêtres du palais. Il est nuit.

SCÈNE PREMIÈRE.

SCANDERBEG dans sa barque, CARAMAN-OGLI,
MYRSAS, BEDLYSIS, GRECS
DE CONSTANTINOPLE.

CARAMAN.

Jusqu'à ce jour, seigneur, j'ai gardé mon espoir.
Les soldats révoltés m'avaient fait entrevoir
Un moyen pour briser cette Sublime Porte.
Hélas ! en ce moment je crains que tout n'avorte.
Les janissaires ont reconquis tous leurs droits,
Ils sont prêts à courir à de nouveaux exploits :

La ville est apaisée et les tombes couvertes,
Trois églises aux Grecs sont à cette heure ouvertes,
Mahomet reconnaît le culte des chrétiens
Et promet aux vaincus la moitié de leurs biens.
Que pouvons-nous donc faire en cet état de choses?
Répondez, mes amis!

MYRSAS.

Combattre, si tu l'oses!

CARAMAN.

Combattre! mais, Myrsas, pouvons-nous donc compter
Sur des soldats appris à ne point redouter
Des ennemis armés encor de leur victoire?
Pouvons-nous espérer, frère, pouvons-nous croire
Qu'en nous voyant tout prêts à marcher aux combats,
Bravement, vaillamment, pour arrêter ses pas,
Mahomet, que soutient un glorieux prestige,
De nos États perdus veuille rendre un vestige?

UN GREC.

Seigneurs, nous ne pouvons, vaincus et déchirés,
Qu'élever vers le ciel nos vœux désespérés...
Nous sommes impuissants, nous n'avons que nos larmes
Nous sommes enchaînés... vous, vous avez des armes!

UN AUTRE.

Seigneurs, quand l'infidèle arriva sur nos murs,
Nous montrâmes la croix à ses guerriers impurs.
On nous avait prédit que jamais, dans Byzance,

Un sultan ne viendrait établir sa puissance.
Maudite soit, seigneurs, cette prédiction !
Aidez-nous à sortir de notre abjection.

UN AUTRE.

Seigneurs, vous êtes forts, on redoute vos armes.
Et nous vous supplions de finir nos alarmes.

UN AUTRE.

Seigneurs, vous êtes tous, en vous réunissant
Pour attaquer le Turc, en nombre suffisant.
Et puis, avec l'Europe on peut faire alliance :
L'Italie a son or, la France sa vaillance ;
Vous pouvez appeler le Germain, l'Espagnol ;
Déjà les Allemands ont mis pied sur ce sol...
On pourrait envoyer au pape une ambassade
Pour le déterminer à prêcher la croisade...

CARAMAN.

Que feriez-vous pendant que nous vous servirions ?

UN GREC.

Nous prierions le Seigneur et nous vous bénirions.

UN AUTRE, à Caraman.

O prince, ayez pitié d'un peuple qu'on opprime !
Tendez-lui votre main, qu'il sorte de l'abîme !
Ah ! pendant que le Turc emportait nos cités
Et que ses bataillons, au massacre excités,
S'épandaient tout sanglants dans Byzance rendue,
Nous priions le Dieu juste en notre âme éperdue...

17

On entendait au loin nos horribles clameurs,
Et sur notre cercueil nous répandions des pleurs...

SCANDERBEG, se levant dans sa barque,
et d'une voix tonnante.

O Grecs dégénérés, de vos illustres pères
Vous n'êtes pas les fils ! Pour finir vos misères,
Ce n'était point des pleurs qu'il fallait, mais du sang ;
C'était, dans chaque main, un glaive brandissant ;
C'était, dans chaque bouche, un cri d'indépendance ;
C'était, dans chaque cœur, le même espoir : Vengeance !
Voilà ce qu'il fallait !

(Il se rassied dans sa barque et donne quelques coups de rame pour
s'éloigner.)

CARAMAN, à ses compagnons.

                        Quel est donc ce pêcheur ?
Je ne le connais pas. Est-il au Grand-Seigneur ?

MYRSAS.

N'importe ! ce qu'il vient de dire est véritable.
Votre conduite, ô Grecs, fut loin d'être imitable.

BEDLYSIS.

Il me semble, seigneurs, que cette noble voix
S'est fait entendre à nous déjà plus d'une fois.

CARAMAN, à Scanderbeg.

Pêcheur ou conjuré, qui que tu sois, avance !

(Après un moment.)

Il s'éloigne de nous et garde le silence.

MYRSAS, à Caraman.

Prince, parlons plus bas, cet homme est dangereux.

CARAMAN, aux Grecs.

Ainsi donc, vous disiez que vous feriez des vœux
Pendant que du combat nous braverions la chance?

UN GREC.

Pouvons-nous faire mieux, réduits à l'impuissance?

CARAMAN.

Vous pourriez vous unir et combattre au dedans,
Et nous aider ainsi contre les musulmans.

LE GREC.

Mais des armes, seigneur?

CARAMAN.

On en fait, on en trouve.
Ce palais en est plein, faut-il qu'on vous le prouve?

MYRSAS, à ses compagnons.

Vous, prince Caraman, vous, comte Bedlysis,
Vous pouvez avec moi braver nos ennemis.
Nous avons, pour sortir du péril où nous sommes,
A nous trois seulement près de deux cent mille hommes.
Croyez-vous que, si fort que soit le Grand-Seigneur,
Nous ne puissions tenter d'amoindrir sa grandeur?
Mahomet est puissant, mais, princes, sa conquête
Déjà pourrait fort bien lui peser sur la tête.
Il n'est point de vainqueur qui ne trouve son Cid:
Pour tuer Goliath, que faut-il? un David!

BEDLYSIS.

Qui sera le David? sera-ce vous, mon frère?

MYRSAS, fièrement.

Peut-être!

BEDLYSIS.

Quant à moi, je crains, je désespère.

MYRSAS.

Pour vaincre Mahomet, cet orgueilleux vainqueur,
En nous réunissant, que nous faut-il?

SCANDERBEG, du fond de sa barque.

Du cœur!

CARAMAN.

Encore ce pêcheur! Compagnons, prenons garde!
Il peut nous reconnaître.

BEDLYSIS.

Il se lève et regarde.

SCANDERBEG, debout dans sa barque.

Caraman, Bedlysis, Myrsas, et vous, raïas,
Que faites-vous ici? je ne le comprends pas.
Vous venez follement jeter dans les ténèbres,
Comme de vieux hiboux, vos menaces funèbres,
Et vous ne songez pas que les mahométans
Plus sagement que vous savent user du temps.
Faut-il, pour ne pas faire ou faire ce qu'on pense,
Laisser mordre à la peur l'heure de la vengeance?
Voulez-vous vous venger? vengez-vous promptement!

Vous ne sauriez trouver un plus heureux moment.

Princes, n'attendez pas, pour déclarer la guerre,

Le jour où l'on viendra brûler votre frontière.

Oh! non! n'attendez pas que l'empire affermi

N'éveille contre vous son lion endormi.

Mahomet, en ce jour, est encore attaquable,

Et d'autant mieux, seigneurs, que sa grandeur l'accable.

Quand il aura vieilli, quand, de gloire harassé,

Il voudra corriger les fautes du passé;

Quand son orgueil, blasé de l'encens qu'on lui jette,

Voudra du monde entier poursuivre la conquête;

Quand son croissant maudit, doré de mille exploits,

Chez tous les rois chrétiens remplacera la croix,

O princes, pourrez-vous, seuls en vos citadelles,

Tenter de renverser cet aigle aux vastes ailes?

Non, vous tendrez vos cous au-devant du collier!

Non, vous tendrez vos mains, qu'il saura bien lier!

Raïas, vous n'aurez plus, en vos colères vaines,

Qu'à prier vos bourreaux et qu'à baiser vos chaînes.

Toi, prince Caraman, tu verras tes États

Pressurés tous les ans par de jeunes pachas,

Tes fils déshérités, tes filles et tes femmes

Prises pour réjouir des gens de mœurs infâmes...

C'est là votre destin. Princes infortunés,

A la chaîne de fer vous êtes condamnés :

Vous n'avez à compter que honte et que misère;

Le sultan vous tient tous dans sa puissante serre.
Mais ce sort rigoureux et ces calamités,
Vous les avez, seigneurs, grandement mérités ;
Car, tandis que le Turc préparait ses phalanges,
Ainsi que des enfants vous dormiez dans vos langes,
Enivrés follement de vos illusions.
Ah ! Mahomet veillait ; du haut des bastions
Il comptait sur ses doigts combien il fallait d'heures
Pour saper sûrement vos royales demeures.
Ne vous plaignez donc plus, subissez votre sort,
Et sachez obéir au plus grand... au plus fort.

MYRSAS.

Mais quel est donc cet homme aux paroles amères ?
Ne craint-il point enfin d'allumer nos colères ?

CARAMAN, à Scanderbeg.

Nous avons écouté toute ton oraison.

SCANDERBEG, les yeux fixés sur les fenêtres du palais.

Et vous fîtes très-bien, et vous eûtes raison.

CARAMAN.

Pêcheur, qui que tu sois, ici daigne paraître
Et nous dire ton nom.

SCANDERBEG.

Pourquoi ?

CARAMAN.

Pour le connaître.

SCANDERBEG.

Mon nom ne se dit plus.

CARAMAN.

Ah!... Pourquoi donc?

SCANDERBEG.

Pour rien.

(Il se rassied dans sa barque, et donne quelques coups de rame
pour s'éloigner.)

Adieu, princes; partez, partez, vous ferez bien.

BEDLYSIS, à Scanderbeg.

Voilà, de tes conseils, le seul qui soit à suivre.

SCANDERBEG.

Partez, seigneurs, partez, si vous tenez à vivre.

CARAMAN, à Scanderbeg.

Es-tu seigneur, au moins?

SCANDERBEG.

Je suis ce que je suis.

Mais sans plus de retard, prince Caraman, fuis.

CARAMAN.

Attends! encore un mot : si tu te sens dans l'âme
Quelque grand sentiment qui t'anime et t'enflamme
Pour notre liberté, contre les musulmans,
Seigneur, viens avec nous, ta place est dans nos rangs.

SCANDERBEG.

Va-t'en! ta destinée, ami, n'est pas la mienne,

Ma cause, en aucun point, ne ressemble à la tienne.
Adieu, prince!

CARAMAN.

Ton nom?

SCANDERBEG.

Impossible, ce soir!
Mais va-t'en, nous pourrons peut-être nous revoir.

CARAMAN.

Adieu donc, inconnu!

(A ses compagnons.)

Nous, fuyons cette grève
Où la réalité me semble un affreux rêve.

(Ils s'éloignent tous. Scanderbeg se rapproche
de la fenêtre d'Achmé.)

SCÈNE II.

SCANDERBEG, seul.

Enfin, ils sont partis, et me voilà bien seul.
La peur les a déjà drapés dans leur linceul.
Pauvres princes, vraiment, cervelles sans génie,
Se débattant en vain dans leur ignominie,

Comme ils tremblent, mon Dieu! comme tous leurs discours
Démentent leurs pensers! Que de pauvres détours!
Comme ils se font petits, comme ils rampent dans l'ombre,
Comme leur vieux courage, hélas! chavire et sombre!
Allez! pauvres seigneurs, allez! je ne veux pas
Suivre un chemin frayé par vos débiles pas;
Il me faut une voie et plus large et plus belle,
Où mon aigle royal puisse étendre son aile.
Je saurai me la faire, aux yeux des musulmans,
Et m'y bien maintenir, croyez-en mes serments.
Si je vous ai montré Mahomet comme un homme,
Méritant le grand nom dont l'Europe le nomme,
Princes infortunés, j'en riais dans mon cœur;
Car ce nom tant vanté vous glaçait de terreur.
Allez! je reste seul, mais avant que l'année
Soit, mes pauvres seigneurs, tout à fait terminée,
Vous aurez contemplé, dans votre désespoir,
Ce qu'ose Scanderbeg en face d'un devoir.

(Une longue pause.)

Mais ce palais est mort. Aucun bruit, ni lumière...
Attendons néanmoins la pauvre prisonnière.

(Il donne quelques coups de rame, et puis s'arrête.)

Oh! mon Dieu! cette nuit dure une éternité!
Pas une étoile au ciel, rien que l'obscurité;
Pas un chant de pêcheur pour alléger sa rame;
Pas une voile au vent, ni caïque, ni prame!

17.

Je suis seul; tout le monde en cette ville dort,
Et, dans ce noir palais, hélas! tout semble mort!

(Il tient sa tête dans ses mains et réfléchit quelques instants.)

Mais si la belle Achmé, cette jalouse femme,
Avait pu me tromper? Non, ce serait infâme!
Et puis, elle craint trop les beaux yeux d'Iréné,
Ces yeux qui, de son maître, ont le cœur enchaîné;
Ces yeux dont il n'est duc, voïvode, ni comte,
Ni roi, qu'un seul regard et n'embrase et ne dompte.
Ah! qui ne donnerait et son trône et son cœur,
Et son éternité pour cet ange vainqueur?
Qui ne serait heureux, en la voyant si belle,
De porter ses couleurs et de mourir pour elle?

(Les yeux tournés vers le palais.)

Iréné, ma princesse, hélas! en cet instant
Ne devines-tu pas que Scanderbeg t'attend?
Que fais-tu loin de moi? pourquoi ne point paraître?
La nuit est sombre... Eh bien! affranchis-toi d'un maître,
Viens te remettre à moi... j'adore ta beauté;
Mais mon amour saura garder ta pureté.
En mon cœur, désormais lavé de toute fange,
Avec ton nimbe blanc tu vivras comme un ange...
Viens!... Elle ne vient pas. Silence! désespoir!
Doux rayon de clarté, ne dois-je plus vous voir?...

(Un silence.)

Attendons! attendons! Achmé veille sans doute.

A la belle Iréné, que son amour redoute,

Elle ouvrira bientôt un sûr et prompt chemin.

La nuit est longue encor... nous serons loin demain !...

(On entend marcher et parler dans les rues.)

Mais on vient. Cachons-nous.

(Il s'éloigne.)

SCÈNE III.

ALI-AGA, OMAR-BEY, HASSAN-BEY.

OMAR-BEY, à Ali-Aga.

Enfin, il faut me dire

Le nom de l'assassin de mon père, ou j'expire...

Vous voyez ce poignard ?...

ALI-AGA.

Non ! plus tard, mon enfant !

OMAR-BEY, avec force.

Le nom du meurtrier ! je le veux à l'instant !

ALI-AGA.

Tu le veux ?

OMAR-BEY.

Oui !

ALI-AGA

C'est bien! Mahomet, de ta mère
Fut l'amant.

OMAR-BEY.

Achevez !

ALI-AGA.

Il fit tuer ton père.

OMAR-BEY, en s'éloignant vivement.

Pour punir le sultan, je brave tout danger!

ALI-AGA, cherchant à rappeler Omar.

Omar! Omar! mon fils, où cours-tu?

OMAR-BEY, de loin.

Me venger!

ALI-AGA.

Noble enfant! il nous fuit avec son seul courage:
Hassan, mon autre fils, sauvons-le de sa rage!
Retournons au palais, où le grand Mahomet
Rêve à tous les États que l'orgueil lui promet.

SCÈNE IV.

SCANDERBEG, toujours dans sa barque, puis le BOSTANGI-
BACHI et un EUNUQUE à une fenêtre du palais.

SCANDERBEG.

Rien encore: silence et deuil à la fenêtre!

Iréné, mon soleil, ne peux-tu point paraître

Et répandre un rayon d'espoir en ma douleur?...

Mon Dieu! je n'entends rien que le bruit de mon cœur;

Je ne vois rien que moi; l'obscurité profonde,

Comme un sombre linceul couvre la terre et l'onde!

(Avec une impatience douloureuse.)

Elle ne viendra pas. Désespoir! désespoir!

Achmé, m'as-tu trompé? ne puis-je la revoir?

(Une lumière paraît tout à coup à la fenêtre, et l'on distingue le bostangi-bachi et un eunuque soutenant dans ses bras un lourd fardeau.
Scanderbeg, à demi-voix :)

Ah! qu'ai-je vu passer?... Seigneur, une lumière!

Et deux ombres... c'est elle! oh! maintenant, j'espère...

Avançons.

(Il va ramer pour aller au devant d'Iréné; mais il retombe bientôt
abattu dans sa barque, en murmurant d'une voix brisée :)

O mon Dieu! ce n'est point Iréné...

Deux hommes du sultan... enfer! je suis damné!

(Il se baisse dans sa barque.)

Attendons!

LE BOSTANGI, à l'eunuque.

Soliman, ne vois-tu rien dans l'ombre?

L'EUNUQUE.

Je ne vois que la nuit, qui, seigneur, est bien sombre.

LE BOSTANGI.

N'entends-tu point mouvoir quelque chose sur l'eau?

L'EUNUQUE.

Non, rien, seigneur!

LE BOSTANG'.

C'est bien! soulève le fardeau
Et puis, attends un peu... je crois, je crois entendre...

L'EUNUQUE.

Non, c'est le bruit des flots, on ne peut nous surprendre.

LE BOSTANGI.

Allons! fais vite alors! lance le corps à l'eau!

(On voit l'eunuque s'avancer sur la balustrade, balancer plusieurs fois
son fardeau, et puis le précipiter.)

L'EUNUQUE.

Seigneur, c'est fait.

LE BOSTANGI.

Hélas! Dieu vienne en son tombeau.

(Il souffle sa torche et rentre dans les appartements.)

SCÈNE V.

SCANDERBEG, ACHMÉ, morte.

SCANDERBEG.

(Il reparaît debout dans sa barque, les cheveux hérissés et en proie
à la plus horrible épouvante. Son regard est fixé sur la mer,
et il semble chercher le cadavre qu'on y a jeté.
Tout en cherchant :)

C'est là, là! j'ai bien vu... Meurtre affreux! crime infâme!...
Me promettre le ciel et me déchirer l'âme!
Oh! misérable Achmé, tremble!... ta trahison
Te perdra. Seigneur Dieu! je sens que la raison
De mon cerveau brûlant et s'échappe et s'élance...

(Avec effroi.)

Si j'allais être fou!... quel horrible silence!
Où chercher? C'est bien là, je ne puis me tromper,
La vague a pris le corps, la nuit l'a vu tomber,
Et puis c'est tout. Grand Dieu! c'est donc ainsi qu'un crime
Affreux, abominable, et s'efface et s'abîme?
Les flots qui l'ont caché restent sourds et discrets;
Mais ton regard, Seigneur, perce tous les secrets...

Et rien, rien, toujours rien! Ah! cherchons mieux!

(Il se jette à la mer. Un long silence, pendant lequel on voit Scanderbeg plonger plusieurs fois. Reparaissant enfin avec le cadavre cousu dans un sac, il s'écrie, avec un accent déchirant :)

                                        C'est elle!

Je la tiens!... les démons!...

(Il monte sur le quai et y dépose le fardeau.)

                        Je tremble, je chancelle!

(Il se met à genoux et ouvre le sac avec un poignard.)

Et ne point voir, mon Dieu! la nuit, la nuit toujours!
C'est égal, c'est bien elle!... Iréné, mes amours,
Entends-moi! pitié! morte! oh! non! c'est incroyable!
Elle va s'éveiller... le sort est exorable...
Ma gloire, mon bonheur, oh! mon Dieu! les voilà!
Mon orgueil, mon amour et mon ciel, tout est là!
Et ne point voir!... maudit!... Ni sanglots, ni prière
Ne sauraient rappeler cet ange à la lumière...
Si j'appelais?...

(Il crie :)

                    A l'aide! hommes, femmes, venez!

Du secours!... Toujours rien!... Nous sommes condamnés!
Non! son cœur ne bat plus... tout est fini! Sultane,
Ce cadavre adoré par ma voix te condamne.
Oh! la fièvre en mon sein glisse en feux dévorants!
Nuit horrible! Demain j'aurai des cheveux blancs!
Mais rien, rien! toujours rien! oh! la maudite ville!

Personne ne m'entend... tout bruit est inutile!

(Se levant.)

Si j'incendiais tout?

(Écoutant.)

Ah! on vient.

(Il crie :)

Du secours!

SCÈNE VI.

SCANDERBEG, à genoux devant le cadavre, RONDE
DE JANISSAIRES avec des fanaux.

UN JANISSAIRE.

Qui nous appelle?

SCANDERBEG.

Moi!

LE JANISSAIRE.

Que veux-tu?

SCANDERBEG.

Viens toujours!

Approche ton fanal.

(Examinant le cadavre et se relevant subitement avec un cri de joie.)

Seigneur! ce n'est pas elle!

LE JANISSAIRE, avec surprise.

C'est Achmé! Par Allah! je la croyais fidèle.

SCANDERBEG, agenouillé devant le cadavre et avec des sanglots
dans la voix.

Pardonne-moi, pauvre âme, un soupçon odieux.

J'osai, dans ma douleur, t'accuser, c'est affreux!...

Maintenant, douce Achmé, tu n'es plus une esclave :

La mort a délié ta dégradante entrave,

Et tu peux espérer, ô pauvre amour trompé,

Que celui qui te frappe un jour sera frappé.

(Au janissaire.)

Janissaire, aide-moi... Soulevons cette femme

Et prions notre Dieu de recevoir son âme!

LE JANISSAIRE.

Frère, tu l'as trouvée en ce vieux sac de cuir?

SCANDERBEG.

Oui!

LE JANISSAIRE.

Malheureuse enfant, ne pouvait-elle fuir?

SCANDERBEG, en s'inclinant vers Achmé et avec une profonde
émotion.

Prends les pieds, moi la tête (hélas! comme elle tombe!)

Et marchons en priant lui creuser une tombe!

LE JANISSAIRE.

La mer est un sépulcre en profondeur parfait;

Mettons-y donc Achmé, ce sera plus tôt fait.

UN AUTRE.

Il a raison. Qu'importe au corps quelle demeure,
Si l'âme n'en a point? Quand Dieu sonnera l'heure
Du suprême réveil, chacun arrivera
Avec ses actions sur le pont d'Alsira [7].

UN AUTRE.

Qu'on jette cette femme à la mer, au plus vite.
Car à voir le sultan notre aga nous invite.

SCANDERBEG.

Allons donc! à la mer cet ange de douceur!
Musulmans, à genoux! priez pour votre sœur!

(Les janissaires s'agenouillent, tandis que Scanderbeg lance, avec l'un
d'eux, le corps d'Achmé à la mer.)

Frères, tout est fini!

UN JANISSAIRE.

Cette femme était belle.

UN AUTRE.

Oui, mais pour Mahomet elle fut infidèle.

UN AUTRE.

Retournons près d'Ali.

(A Scanderbeg.)

Viens, frère!

SCANDERBEG.

Je vous suis.

(A part.)

Mahomet, j'atteindrai le but que je poursuis.

Je suis ton serviteur jusqu'au moment suprême
Où je pourrai, tyran, venger tous ceux que j'aime!

(Haut.)

Je vous suis, compagnons.

UN JANISSAIRE, avec impatience.

Voyons! viens! je t'attends!
Nous allons au sérail.

SCANDERBEG, les yeux au ciel.

Oh! mon Dieu! tu m'entends!

(Il sort avec les janissaires. — La toile tombe.)

FIN DU QUATRIÈME ACTE.

ACTE CINQUIÈME.

La salle du Divan.

SCÈNE PREMIÈRE.

FERHAD, YOUSSOUF, IBRAHIM, ORKAN,

ICOGLANS.

FERHAD, à Youssouf.

Combien as-tu payé tes vingt Circassiennes?

YOUSSOUF.

Douze mille sequins, et quatre Nubiennes
Que j'ai, non sans regret, remises au marchand.
Je maudis cet accord.

FERHAD.

Tu parles en enfant,

Car voilà ton harem repeuplé, c'est merveille,
Et tu peux étaler une pompe pareille
A celle que déploie, avec un rare orgueil,
Le muphti, ce vieux fol, aux bords de son cercueil.
Ce que c'est cependant que d'avoir une mère
Que le sultan chérit presque autant qu'il vénère !
C'est une mine d'or où l'on n'a qu'à puiser,
Sans craindre de la voir un matin s'épuiser.
Ah ! ton sort est superbe, et vraiment je l'envie :
Tu possèdes de l'or pour égayer ta vie,
Des femmes, des houris, qu'Allah, dans sa bonté,
Exila de son ciel pour ta félicité ;
Tu possèdes des bois toujours pleins d'harmonie,
Où pousse l'aloès ainsi qu'en Arménie ;
A Pruse, un beau palais, des kiosques sur l'eau,
Des caftans de brocart qui te rendent plus beau...
Je suis jaloux de toi, mon frère, et j'en ai honte.

IBRAHIM, à Youssouf, qui bâille.

Laisse-le te vanter, il y trouve son compte.

YOUSSOUF.

Pourtant il n'a reçu, pour tous ses compliments,
Jusqu'alors qu'une Grecque ayant au moins vingt ans,
Un vieux cheval sans queue avec ses vieilles selles,
Et puis quelques faucons qui boitaient des deux ailes.

ORKAN.

Ses louanges, vraiment, ne sont pas hors de prix ;

C'est un ami parfait, vigilant, bien appris ;
Mais... parle-nous un peu de tes nouvelles femmes !
Ont-elles dans les yeux ces dévorantes flammes
Qui portent l'incendie au milieu de nos cœurs?
Ces lèvres de grenade aux sourires moqueurs?
Ce beau cou blanc et rose où la bouche moissonne
De longs baisers d'amour dont toute âme frissonne?
Ont-elles de ces bras si ronds, si merveilleux,
Qu'en les ayant au col on en soit orgueilleux?
Un pied rose et mignon, une main bien petite?
Une voix à troubler un santon qui médite?
Oh! Youssouf, parle-moi de tes belles péris,
Nomme-moi, compagnon, celles que tu chéris !

YOUSSOUF.

Je n'en chéris aucune, et, s'il faut te le dire,
Je me vois, par moment, tout près de les maudire.
C'est un rude labeur, ami, d'avoir chez soi
Cent femmes qui toujours vous disent : « Aime-moi ! »
Bien qu'on soit jeune et riche, et que l'on ait dans l'âme
Un héroïque amour pour toute belle femme,
On ne peut pourtant pas, à moins que d'être fou,
Jour et nuit s'enchaîner et se pendre à leur cou...
Ce serait un supplice...

ORKAN, riant.

Un supplice adorable,
A tout autre, crois-moi, cher ami, préférable.

Mais, dis-moi : je n'ai pas, en mon harem tout neuf,
De femmes ; je suis seul et comme un sultan veuf.
Youssouf, si tu voulais, pour six chevaux de race,
Me céder dix amours... oh ! je te rendrais grâce
Et je vivrais heureux d'un bonheur méprisé,
Et je te servirais... Réponds-moi !

YOUSSOUF.

C'est aisé.

N'as-tu point un joyau qui te vient d'un derviche,
Saint homme qui vécut comme un pauvre, étant riche ?

ORKAN.

Si fait !

YOUSSOUF.

Donne-le-moi.

ORKAN, tirant de son doigt une bague qu'il remet à Youssouf.

Le voici.

YOUSSOUF, admirant la bague, qu'il passe à son doigt.

Tu viendras
Ce soir en mon harem, et puis tu choisiras.

ORKAN.

Je choisirai ?

YOUSSOUF.

Mais oui !

ORKAN.

Bien ! maintenant, ordonne.

Demande-moi mon sang, ami, je te le donne.

(On entend un grand bruit dans un appartement voisin.)

YOUSSOUF, à Ibrahim.

Qu'est ce bruit, Ibrahim?

IBRAHIM, regardant.

Ce n'est rien... Omar-Bey

Qu'on arrête.

ORKAN.

Omar-Bey? Qu'a-t-il fait?

IBRAHIM.

Je ne sai.

FERHAD.

On le lie, on l'enchaîne, on lui prend son épée,
Dans une heure il aura...

ORKAN.

Quoi?

FERHAD.

La tête coupée.

YOUSSOUF.

Quel crime a donc commis ce jeune audacieux?

FERHAD.

Peut-être à la princesse a-t-il fait les doux yeux?

IBRAHIM.

Des gardes, pauvre Omar, rien qu'à voir la furie,
Je ne donnerais pas un sequin de ta vie!

18

YOUSSOUF.

Que fait donc le sultan? Voilà plus d'un grand jour
Qu'on ne l'a vu céans...

FERHAD.

Lui? mais il fait l'amour!

SCÈNE II.

LES MÊMES, AHMED-PACHA, LE MUPHTI.

IBRAHIM.

Ah! voici le muphti; sans doute, il va nous dire
Ce qui se passe ici.

ORKAN, à ses amis.

L'oracle va prédire.

YOUSSOUF, au muphti.

Heur à ton Excellence, ô pontife sacré!

ORKAN, au muphti.

Comment va ton harem? bien ou mal?

LE MUPHTI.

À mon gré.

YOUSSOUF, à Orkan.

Tais-toi donc, imprudent. En sa tête profonde
La colère bouillonne et la tempête gronde.

ORKAN.

Il médite un *fetpha ;* mes amis, taisons-nous,
Ou nous allons subir l'ennui de son courroux !

(Tous les icoglans se moquent du muphti, qui semble absorbé dans
une profonde méditation.)

AHMED-PACHA, aux Icoglans.

Jeunesse, tout va mal, car Achmé poignardée,
Cette nuit, à la mer, en un sac, fut jetée.

(Les icoglans se groupent autour d'Ahmed et laissent voir un doulou-
reux étonnement. Le pacha continue :)

Le sultan, qui l'aimait, n'aura pu, sans regret,
Prononcer de lui-même un si terrible arrêt...
Il faut que la princesse, à la perdre obstinée,
L'ait forcé... c'est certain !

IBRAHIM.

Oh ! qu'elle soit damnée !

YOUSSOUF, à Ahmed.

Que fait donc le sultan, pacha ? le savez-vous ?

AHMED.

Il se tient enfermé.

YOUSSOUF.

Pour vous ?

AHMED.

Comme pour tous.

Il ne veut rien entendre, il soupire, il menace,
Et pour oser le voir il faut beaucoup d'audace.

FERHAD.

Est-ce donc le remords qui torture son cœur?

AHMED.

Il se peut! Quant à nous, redoutons sa fureur.
Le grand vizir n'est plus. Enfants, rien ne l'arrête,
Chaque fois qu'il s'ennuie, il fait choir une tête.

ORKAN.

Est-ce le souvenir de la charmante Achme
Qui l'exalte à ce point?

AHMED.

                        Non. Il n'est point aimé
De la belle Iréné. De là vient sa colère.

ORKAN.

C'est certe une raison pour qu'il se désespère :
Elle est si belle...

AHMED.

                        Enfants, si tel est son désir,
Elle peut nous donner le sort du grand vizir.

(Il va retrouver le muphti, qui se tient à l'écart, toujours plongé
dans sa rêverie.)

ORKAN.

N'en croyons point un mot et savourons la vie!
Iréné, compagnons, n'est point une furie.

SCÈNE III.

L ES M ÊMES , ALI-AGA, HASSAN-BEY,

SCANDERBEG, toujours vêtu en janissaire.

ORKAN, à ses compagnons.

Amis, le vieil aga, quel front tempétueux !

ALI-AGA, aux icoglans.

Retirez-vous d'ici, jeunes voluptueux !

(Il fait un geste impératif. Les icoglans sortent en saluant respectueusement Ali, qui les chasse d'un regard méprisant. Scanderbeg
parcourt le théâtre, et puis sort.)

(A Ahmed.)

Je ne saurais souffrir, Ahmed, en ma présence,

Tous ces efféminés au ton plein d'arrogance.

Autrefois, un sultan choisissait ses amis

Entre de vieux soldats à la guerre affermis.

Il n'aurait point voulu de ces êtres infâmes,

Qui, sans barbe et sans cœur, ressemblent à des femmes [8].

Il voulait près de lui de robustes soldats

Qui pussent le défendre au milieu des combats;

Mais tout est renversé, notre soleil se cache,

18.

Et dans ces lieux malsains chacun dort sur sa tâche.
Çà, voyons, vieux ami, que sais-tu de nouveau?

AHMED.

Omar vient d'être pris, on le mène au château.

HASSAN-BEY.

Pauvre ami!

ALI-AGA.

Ne crains rien, Hassan! avant qu'il meure,
Nous aurons démoli cette vaste demeure.

(A Ahmed.)

De quoi l'accuse-t-on?

AHMED.

On ne sait son dessein;
Mais il osa nommer Mahomet assassin.

ALI-AGA.

C'est un nom mérité. Dans sa folle colère,
Le jaloux Mahomet fit étrangler son père...
Tu le sais bien!

AHMED, vivement.

Moi, non!

ALI-AGA.

Pacha, vous avez peur!

AHMED, après avoir jeté un regard autour de lui.

Si ma bouche dit non, je dis oui dans mon cœur.
Je suis prudent, Ali.

ALI-AGA.

Va, je t'en félicite.

Moi, ce que mon cerveau, cher Ahmed, me suscite,
Il faut que je le dise, et je sais que j'ai tort.
Que veux-tu? la prudence, ami, n'est pas mon fort.

(Au muphti.)

Mais pourquoi le muphti garde-t-il le silence?
Il est de nos amis, de nos bons?

LE MUPHTI, s'approchant.

Je le pense.

ALI-AGA.

Ne voulez-vous donc pas, pontife révéré,
Converser avec nous?

LE MUPHTI.

Mon cœur est déchiré.

Le sultan, tout entier à ses passions viles,
Ruine ses États par les guerres civiles;
Il n'est plus de vertu, d'honneur, de liberté,
Ni de religion... Plus de lois, d'équité!...
Mahomet va se perdre, et je vois cet empire
Follement gouverné par un homme en délire...
Vous autres, vous pourriez relever notre honneur,
Étayer le croissant avec votre valeur;
Mais vous ne voulez pas éteindre vos colères,
Ni vous concilier pour finir nos misères...

ALI-AGA.

Seigneur, ceci s'adresse... à qui donc?

LE MUPHTI.

Rien qu'à vous,
Vieux soldat dont le bras pourrait nous sauver tous.

ALI-AGA.

Suis-je donc si puissant?

LE MUPHTI.

Oui.

ALI-AGA.

Mais comment?

LE MUPHTI, conduisant Ali à une fenêtre.

Regarde!

ALI-AGA.

Eh bien?

LE MUPHTI.

Ne vois-tu pas que partout on te garde?
Ces fidèles soldats, pleins de zèle pour toi,
Gardent, la pique au poing, leur aga comme un roi.

ALI-AGA.

Oh! seigneur, je les aime!

LE MUPHTI.

Aime aussi ta patrie!
Sers-la bien!

ALI-AGA.

Je le fais.

LE MUPHTI.

Vois comme ils l'ont flétrie,

Les lâches, les félons!

ALI-AGA.

Jamais, oh! non, jamais,

Seigneur, je n'ai trahi le pays que j'aimais.

Mais dites ce qu'il faut, pontife, que je fasse.

LE MUPHTI.

Il faut voir le sultan. Te sens-tu cette audace?

ALI-AGA.

Oh! je l'ai déjà vu.

LE MUPHTI.

Suis-moi! nous reviendrons.

Il faudra bien enfin qu'il sente nos affronts!

ALI-AGA, à Hassan-Bey.

Hassan, mon brave fils, va rassurer nos frères.

Et dis-leur qu'Omar vit.

LE MUPHTI, entraînant Ali.

J'aime tes janissaires!

(Ils sortent d'un côté, Hassan sort de l'autre.)

SCÈNE IV.

SCANDERBEG, seul.

Je n'ai pu l'entrevoir, et, comme un insensé,
Vis-à-vis sa prison vingt fois je suis passé.
Oh! son jaloux geôlier est plein de vigilance,
Il garde bien sa proie! Oui! mais prends patience!
Si mon déguisement n'a pu me servir mieux,
Je le déposerai, tyran, devant tes yeux,
Et je te ferai voir, méprisant ta menace,
Pour la première fois un homme bien en face.
O rage! avoir des bras et du courage au cœur,
Être jeune et vaillant, plein de foi, plein d'ardeur,
Sentir son âme battre à travers sa cuirasse,
Et ne point arriver au but que l'on se trace!...
Est-ce assez de malheur! Dieu, maintiens mon espoir,
Iréné vit encor, tâchons de la revoir!

(Il sort.)

SCÈNE V.

MAHOMET, IRÉNÉ.

(Mahomet est pâle. Tout en lui décèle la fatigue et l'insomnie.)

MAHOMET, à Iréné, qui entre derrière lui.

Approchez, Kiria !

IRÉNÉ, à part.

Dieu, soutiens mon courage!
Que je meure, Seigneur, plutôt qu'on ne m'outrage!

MAHOMET.

Alors que dans ces lieux, asile de vos rois,
Brillante de beauté, pour la première fois
Vous m'êtes apparue... hélas! toute mon âme
A ressenti pour vous cet amour... que l'on blâme...
J'ai voulu vous aimer, espérant être aimé;
Mais ce vœu fut détruit aussitôt que formé.
Vous avez hardiment, dans votre orgueil immense,
Dédaigné, méprisé mon trône, ma puissance.
De votre cœur altier j'ai vu la cruauté...

Je sais qui vous aimez... voici ma volonté !
Ici, tout m'obéit; moi seul je suis le maître ;
En me voyant, chacun doit vite se soumettre.
Il n'est point de pachas, d'ulémas, de vizirs,
Qui puissent résister sans crainte à mes désirs.
D'un mot, si je le veux, je puis, comme la foudre,
Broyer les orgueilleux et les réduire en poudre.

(Regardant avec un amer sourire Irénée, qui reste immobile comme
une statue.)

Toi, gazelle des bois, peux-tu donc un moment
Tenter de m'échapper? Vois ton isolement !
Seule, seule avec moi, désormais, à toute heure,
Tu passeras ainsi tes jours en ma demeure...
Je serai ton démon... Mais, hélas! que veux-tu?
Je me flatte toujours de vaincre ta vertu.

IRÉNÉ , avec une énergie croissante.

Peux-tu donc espérer, tyran impitoyable,
Que je me courberai sous ton joug effroyable?

(Avec un regard plein d'outrage.)

Le sang d'Achmé sur toi n'est point encor séché...
De ta vaine fureur mon cœur n'est point touché...
Je te hais!... et plutôt que d'être à toi vivante,
Monstre, je me tuerai!... Tu trembles d'épouvante...
Assassin d'une femme, homme lâche et sans cœur,
Tu trembles à ton tour et tu te fais horreur.
Ose donc me tenir à ta chaîne rivée !...

Tu t'en repentiras, ma vengeance est trouvée !

(Mahomet fait un geste de dédain et sourit lugubrement. Iréné continue,
terrible de colère, et semble dominer Mahomet de toute la tête.)

Oh ! ne ris pas ainsi... j'évoquerai les morts
Et saurai déchirer ton sein par le remords.
Près de toi, furieuse, appelant tes victimes,
Je te briserai l'âme avec tes propres crimes.
Tremblant, tu m'entendras, à toute heure, crier :
« Malheur à Mahomet, le lâche meurtrier ! »
Ma voix te poursuivra sans relâche, sans trêve,
Le jour, la nuit, toujours, même durant tes rêves !

MAHOMET, avec une colère froide.

Oh ! c'est à ne point croire à ce que l'on entend !
Suis-je bien éveillé, suis-je encore sultan ?
Mais on dirait, vraiment, à voir comme on me brave,
Que j'ai perdu mon sceptre et qu'on n'est plus esclave !

(Avec un rire lugubre.)

Vous êtes, Kiria, superbe, en vérité,
Et ne puis qu'admirer tant de témérité !

IRÉNÉ.

Puis-je me retirer ?

MAHOMET.

Oh ! non, non, pas encore !
Écoute, ma princesse, aujourd'hui je t'abhorre.
Je te rends tes dédains, ta haine, tes mépris,
De ta vaine beauté je ne suis plus épris...

19

Tu m'as ressuscité. Je reprends mon histoire...
Mon cœur, vide d'amour, n'aime plus que la gloire...
Merci !... J'avais longtemps négligé mes États,
J'étais fou, j'oubliais que tous les potentats,
Tous ces chiens de chrétiens, à qui je porte ombrage,
Avaient les yeux sur moi. Je reprends mon ouvrage ;
On me verra bientôt, terrible et menaçant,
Courir, la gloire au front et les pieds dans le sang...

IRÉNÉ.

Puis-je me retirer ?

MAHOMET.

Pas encore ! demeure !

Je ne t'ai pas tout dit. Princesse, avant une heure
Tu connaîtras ton sort. Mais écoute : je vais,
Ranimant contre lui la haine que j'avais,
Poursuivre Scanderbeg, l'idole de ton âme,
Et porter dans ses murs et le fer, et la flamme.
Je veux l'anéantir, l'amener enchaîné
Et te le faire voir à mes pieds prosterné.

UNE VOIX.

Vouloir est bien aisé !

MAHOMET.

(Il fait un mouvement, jette un regard furieux autour de lui. Iréné met
la main sur son cœur et semble retrouver un peu d'espoir.
Mahomet continue :)

Lorsque dans l'impuissance,

Maudissant son destin, implorant ma clémence,
Ses bras nus porteront l'empreinte de mes fers;
Quand tes yeux, effrayés de ses honteux revers,
Rencontreront les siens, obscurcis par les larmes,
Ah! ton cœur sentira de poignantes alarmes,
Et tu voudras peut-être, ange de charité,
Tendre ta blanche main à son adversité...
Non, tu dédaigneras ton lion pris au piége,
Et l'amour de ton cœur, cet amour que j'assiége,
Voudra capituler.

IRÉNÉ.

Oh! bannis ton erreur:
Jamais tu ne vaincras Scanderbeg, ni mon cœur.
Scanderbeg est un roi dont le siècle s'honore,
Un roi dont le grand Dieu qu'il sert et que j'adore
A bien voulu marquer la haute mission:
Ne porte point sur lui ta folle ambition.

MAHOMET.

Qu'il ose, ton héros, se placer sur ma voie!

IRÉNÉ.

Crois-moi, s'il t'entendait, il viendrait avec joie.
Je le connais assez pour t'assurer, sultan,
Qu'il est prêt à broyer ton orgueil de Titan.

MAHOMET.

Ce pauvre petit roi ne me fait point envie;
Mais s'il osait paraître, au péril de sa vie,

Afin de te montrer qu'il ne me fait pas peur,
Je le défierais là...

(Scanderbeg paraît dans le fond, se croise les bras devant Mahomet et s'avance après l'avoir salué très-courtoisement.)

SCÈNE VI.

LES MÊMES, SCANDERBEG, puis DES GARDES.

SCANDERBEG.

Merci, très-haut seigneur!
J'accepte ton défi. Je suis Scanderbeg.

MAHOMET.

Gardes!

(Dix soldats entrent, conduits par un icoglan.)

SCANDERBEG.

Pourquoi donc, Mahomet, toutes ces hallebardes?
Ne crains rien! je suis homme, et je fais vanité
De garder mon poignard en sa virginité.
Ne me confonds donc point avec ces gens infâmes,
Qui, la nuit, sans rougir, assassinent des femmes!

(Mahomet pâlit et tourmente convulsivement le pommeau de son yatagan. Scanderbeg poursuit :)

amais je n'ai sali mon bouclier royal,

Jamais je n'ai tué qu'en un combat loyal ;
Je suis homme, et je puis, avec mon seul courage.
Attendre de pied ferme un brave qui m'outrage...

IRÉNÉ, à Scanderbeg.

Illustre Scanderbeg, soyez mon rédempteur !

SCANDERBEG.

Je vous délivrerai, princesse, sur l'honneur !

MAHOMET, en désignant Scanderbeg aux gardes

Vous tous, veillez sur lui !

(Les soldats se resserrent autour de Scanderbeg, qui s'écrie :)

SCANDERBEG.

    Quelle crainte t'anime ?
Est-ce ainsi, Grand-Seigneur, qu'un défi se termine ?

MAHOMET va soulever une tenture, et il crie :

Serviteurs de la foi, défenseurs du croissant,
Effendis et pachas, paraissez à l'instant !

SCÈNE VII.

MAHOMET, IRÉNÉ, SCANDERBEG, LE MUPHTI,
ALI-AGA, AHMET-PACHA, HASSAN-BEY,
PACHAS, ULÉMAS, VIZIRS, EFFENDIS, ICOGLANS,
JANISSAIRES, SPAHIS, BOSTANGIS, GARDES.

MAHOMET.

Mes soldats, mes amis, le sultan se réveille
Et daigne vous entendre.

LE MUPHTI.

Une faveur pareille
Mérite, ô Grand-Seigneur, tous nos remercîments...

MAHOMET.

Pontife, épargne-moi tes lâches compliments.

(A ses grands officiers.)

Vous êtes mécontents, dites ?

LE MUPHTI.

L'empire souffre,
Et ton sommeil trop long l'a mis au pied du gouffre.
Tes soldats désunis, avec impunité

Promènent le désordre au sein de la cité...

(Montrant Iréné.)

L'amour que tu ressens pour cette belle esclave
Te fait fermer les yeux sur nos maux, qu'elle aggrave;
Tes peuples affligés...

MAHOMET, l'interrompant.

Silence! à qui le tour?

ALI-AGA.

Moi, je proteste aussi contre un pareil amour.
Lorsqu'on est en ta place, il faut savoir, mon maître,
Aux folles passions ne jamais se soumettre;
Mais je viens te prier de mettre en liberté
Omar-Bey, mon ami, par ton ordre arrêté...

MAHOMET.

Qui parle encore?

SCANDERBEG.

Moi!

ALI-AGA.

Janissaire, silence!
Les pachas seuls ont droit, usant de déférence,
De parler au sultan; tu ne l'es pas, tais-toi!

SCANDERBEG.

Je suis plus que pacha, vieux lion, je suis roi!

(Il écarte les gardes. Étonnement général.)

Arrière tous! mollahs, seigneurs, faites-moi place!
Mahomet seul ici peut me parler en face.

20

Mon nom est Scanderbeg. Je suis roi, mes pachas.

Vous n'êtes pas mes pairs, laissez-moi donc le pas!

M'avez-vous entendu? je suis roi d'Albanie,

Duc et comte, nommé prince de Germanie,

Très-haut en tout État; on m'honore en tout lieu;

Je suis roi souverain, et mon seul maître est Dieu.

Donc je puis, comme vous, parler à Sa Hautesse

Et lui dire, en gardant respect et politesse,

Ce qu'il me plaît de dire.

> (A Mahomet, immobile et sinistre.)

Écoute-moi, seigneur:

Constantin, ton rival, comme un noble empereur,

Est tombé, te laissant son trône et son armée,

Mais gardant pour lui seul sa haute renommée.

Abandonné, trahi des lâches habitants,

Il s'est jeté tout nu parmi les combattants,

Et sut trouver la mort qu'il voulait. Sa mémoire

Vivra tant que les cœurs vibreront pour la gloire.

Une femme est restée, alliée à son nom

La princesse Iréné, très-haute de renom;

Je viens la réclamer.

> MAHOMET, bas à Iréné.

Vous entendez... madame,

Cet amant courageux, ce roi qui vous réclame...

Écoutez: je vous aime encore... et... si tu veux,

Pour la dernière fois, exaucer tous mes vœux,

Iréné, je te rends ensuite à sa tendresse...

IRÉNÉ.

Plutôt mourir cent fois que d'être ta maîtresse!

MAHOMET.

C'est... votre dernier mot?

IRÉNÉ.

En doutes-tu, seigneur?

(D'une voix très-basse.)

J'adore Scanderbeg... toi, tu me fais horreur!

MAHOMET.

Ta vie est dans mes mains.

IRÉNÉ.

Eh! tyran, que m'importe!

Achmé, la douce Achmé, dis, n'est-elle pas morte?

MAHOMET.

Vous la voulez rejoindre? eh bien! soit!

(A ses grands officiers.)

Écoutez :

Effendis et pachas, à nos calamités

J'apporte un sûr remède, et d'abord, qu'on le sache:

Cet amour, de mon cœur devant vous je l'arrache,

Je rends à Scanderbeg... la princesse Iréné...

(Mouvement de joie de Scanderbeg.)

La voici... qu'il la prenne!

(Il la poignarde.)

IRÉNÉ, en tombant.

Oh! tyran, sois damné!

20.

SCANDERBEG, avec un cri terrible, déchirant

Iréné!

(Il veut se précipiter sur le sultan. Les gardes se jettent au-devant
de lui. Il demeure attéré.)

MAHOMET.

Mes seigneurs, à ce grand sacrifice
Connaissez Mahomet et craignez sa justice!

(A Scanderbeg.)

Malheureux Scanderbeg, va-t'en! je ne veux pas
Te retenir ici... Nous aurons des combats,
Nous nous retrouverons.

SCANDERBEG.

Tremble! tyran infâme,
Je la saurai venger, la noble et pure femme!

(Il va s'agenouiller devant Iréné. Mahomet se retire en cachant sa tête
dans ses mains. Tous les officiers de l'Empire viennent se grouper
autour de Scanderbeg et d'Iréné. La toile tombe.

FIN DE SCANDERBEG.

NOTES.

NOTE 1.

PREMIER ACTE, SCÈNE II.

Périssent les spahis et leur lâche *agassi*.

Agassi, l'aga des spahis.

Le *vizir-azem*, ou le grand-vizir.

NOTE 2.

Rentrez paisiblement au fond de vos *odas*.

Oda, caserne, quartier des troupes.

NOTE 3.

SCÈNE III.

J'ai flatté l'*hassekis*, elle ne règne plus.

Hassekis, sultane préférée, favorite.

NOTE 4.

Le vieux kaïmacan, le reis-effendi.

Le sélictar-aga...

Je crois que l'on connaît tous ces mots, et qu'il est inutile d'en donner ici la signification.

NOTE 5.

Il est temps de montrer *à ce fils de l'esclave.*

C'est le nom que les soldats donnaient au sultan alors qu'ils croyaient avoir à se plaindre de lui. Le sultan est en effet toujours fils d'une esclave.

NOTE 6.

SCÈNE IV.

Devant des ennemis qu'ils ne pouvaient compter.

Constantin Paléologue n'eut à opposer aux Turcs que cinq ou six mille hommes ramassés dans la lie du peuple. « Les Grecs, dit Villaret, prétendaient jouir du bénéfice de la patrie; aucun d'eux ne lui aurait fait le sacrifice de ses plaisirs, de son luxe, de ses commodités, de ses opinions. Menacés des plus affreux malheurs, ils attendaient le coup fatal avec une insensibilité stupide, semblables à ces animaux qui se nourrissent encore aux pieds des autels qu'ils vont arroser de leur sang. L'empereur voulut

les engager à contribuer au moins de leurs richesses à la défense
de l'État; il ne put rien obtenir d'eux. »

NOTE 7.

QUATRIÈME ACTE, SCÈNE VI.

Chacun arrivera
Avec ses actions sur le pont d'*Alsira*.

Ce pont est fait d'un fil d'araignée et jeté sur l'enfer des musulmans. Les bons, les justes le traversent facilement; mais il se
rompt sous les pas des méchants.

NOTE 8.

CINQUIÈME ACTE, SCÈNE III.

Il n'aurait point voulu de ces êtres infâmes
Qui, sans barbe et sans cœur, ressemblent à des femmes.

J'ai voulu rendre par ce vers l'opinion des Turcs à l'égard des
femmes. Reschid-Pacha me disait un jour, en me montrant un
jeune officier dont il avait eu à se plaindre : « Il n'a ni barbe
ni cœur; c'est une femme! »

Moi, je crois que les femmes vaudraient mieux que nous, si
nous savions leur donner une meilleure éducation.

TABLE.

IX. — CHANSONS.

SCANDERBEG.

PARIS. — IMPRIMERIE DE J. CLAYE, RUE SAINT-BENOIT, 7.